U0086762

張毅（1951-2020）

亞洲 Studio Glass 運動之父——《紐約時報》

現代華人琉璃藝術的奠基人和開拓者

LIULI CHINA MUSEUM 創辦人

曾任北京清華大學美術學院玻璃藝術學系顧問教授

亞太影展最佳導演及臺灣金馬獎最佳導演

臺灣新銳電影導演的重要代表

著名短篇小說家

琉璃工房創辦人
張毅的文化信仰

壓抑不住地想飛起來

張毅 著

我們相信藝術，是因為藝術跟人有關，
無論是一種思想，或是一種情感，
終究是一個人對於宇宙、對於生命的表述。

王宣一

目錄

・第二部 他心底的眼睛，仍然看著他相信的生命……

尾聲

・附錄

我竭盡所能燒柴，
即使柴是濕的，仍盡力燃起星火

序——

隆重的告別，隆重的出發

余秋雨

很多很多年前，張毅、楊惠姍夫婦剛剛到上海，就約我見面。穿過一條竹林甬道，有一間雅室。他們靜靜地向我介紹琉璃的歷史，終於憂傷地說到，有一次，他們拿起一件千年前的琉璃，雖然小心翼翼，那琉璃卻突然斷了。爲什麼千年不斷，卻斷在今天，斷在自己手上？

他們覺得文明的承續已急不可待。

我說這件事還有更深一層的意涵。那琉璃，就像世間極少數最精美的物件一樣，一直在等待著眞正的「知己者」。它等了整整一千年，早已失望，長久默然，這天，竟然等到了。於是毅然斷身，斷得粉身碎骨。

我說，這件事，具有千年重量。

說有千年重量，還因爲這一對人，從「光影世界」的顚峰，轉身進入了「琉璃世界」。這實在是一件震動十方的大事。

我所說的「光影世界」，是指電影藝術。張毅是傑出的電影導演，而楊惠姍，更是世界華語電影領域無人不知的一代經典。他們已經把「光影世界」的魅力推向極致，但對他們來說，極致不是終點。他們站在顚峰上思考，發現了另一個晶瑩剔透的天地，那就是「琉璃世界」。於是，他們開始了一場隆重的告別，隆重的出發。

爲什麼要從顚峰上告別和出發呢？因爲他們看到兩個世界的根本區別，而這種區別又具有終極性的哲學意義，與生命的價值有關。

「光影世界」是對現實生活的提煉，即便再超逸，也有光明和黑暗的對峙，良善和邪惡的周旋，因此很難排除陰影、劍戟、血淚。「琉璃世界」正恰相反，通體透明，沒有雜質，沒有爭鬥，沒有裂痕，沒有暗斑。如果人世也能如此乾淨，心靈也能如此聖潔，那該是多麼美好的境界！

於是，「光影世界」消失了兩個重要人物，「琉璃世界」卻迎來了兩位藝術巨匠。由此，琉璃工房名動遐邇。

在這一過程中，他們兩人在琉璃作品的構思、設計、製作、燒煉、裝潢上，都達到了極高的水準。不僅獲得國際同行的一致公認，而且引起了海內外無數收藏者的熾烈追慕。有很長一段時間，大中華地區衆多高雅人士和機構，都把琉璃工房的作品選爲最高層級的禮品和獎品。因此，在難以計數的几案、窗臺、香座、供架上，都端放著這些作品，其中所蘊含的藝術品格和宗教精神，日夜散發著永恆的光彩。我曾對他們兩位說，這實在是做了一件功德無量的大好事。

讓我驚訝的是，第一流的表演藝術家楊惠姍女士，居然快速成了第一流的琉璃雕塑家。她穿著工作服，日以繼夜地塑捏著，修改著，然後又在熊熊窯火前觀察和打理，終於捧持出一件件神奇的作品。自始至終，對佛教的虔誠信仰，成了她生生不息的內心力量。這不僅體現在她製作的佛像上，而且在她燒製的刻畫蔬果萬物的琉璃作品，也都滲透著宗教的關愛。經過年年月月安靜而又耐心的勞作，她已經成爲一名海內外公認的佛教雕塑大師。

記得有一年我和妻子馬蘭陪著他們去敦煌莫高窟，他們要在那裡建造一個新的琉璃佛窟，展現當代人對千年神聖佛窟的延續。記得在那些夜晚，在鳴沙山的山麓，我們幾個看著沙漠上的明月，喝著茶，輕聲交談，心靈交融得悠遠而高暢。後來，在高雄，星雲大師告訴我，楊惠姍女士帶著創作團隊，經過幾十個晝夜的努力，爲佛陀紀念館完成了一尊光輝的作品。她的作品，平和、圓潤，卻又處處顯示著一種飽滿的張力，因此無論再大再小，都收縱自如，各成千秋。

除了輔助楊惠姍外，張毅自己也參與雕塑。我看過他的一些作品，別具風姿。如果說，楊惠姍更固守一種高雅的古典，那麼，張毅則體現一種幽默的現代。

張毅的最大貢獻，是爲琉璃工房制定了美學向度。他是古典美學、佛教精神和現代氣韻的聚合者，並對這種聚合做出了大量的哲理闡釋。張毅的闡釋，凝練、優美，充滿哲思，使一座座無言的琉璃有了文學上的指引。一般說來，在雕塑作品下面加注語言往往會被看成是畫蛇添足，但只要讀了張毅的闡釋，就會消除這種顧慮。他的文字語言，是琉璃作品的自然延伸，讓觀賞者剎時領悟了創作者的冥思。

不久前，楊惠姍發來短信，說張毅留下的珍貴文字將會由天下文化出版，問我能不能寫一篇序。我立即答應，並藉以告訴讀者，你們即將讀到的，是一個極爲精采的男子的行跡和心跡。他是一位著名的電影導演和琉璃大師，也是一位佛學家、作家和詩人。他的整個生命都是美的構思，他又善於把這種構思變成一個個宏大的事業而感染千家萬戶。這樣的人物，不管在哪個時代、哪個社會都不可多得，因此本書很值得一讀。

我與張毅先生的實際交往並不太多，但在心靈上，卻是一個全方位的知心朋友。因此，也以此序，表達對他的深深懷念。

二〇二二年深秋季節

序——兩個後悔

胡志強　臺中市前市長

大約一個禮拜以前，收到惠姍來函，要我爲張毅的新書寫幾句話，我毫不考慮地就答應了。很少人知道，近二十年來，張毅、楊惠姍與曉鈴及我，往來雖不夠頻繁，但情誼深重。我絕不會拒絕來自惠姍的請託，何況張毅不幸棄世，此時此刻我們更應該支持惠姍。

打開書稿，看到張毅爲文如行雲流水，哲思深遠，不是一般凡人可比。我開始後悔，自覺怎如此不自量力，與張毅的字字珠璣並列？實在是自曝其短，對不起張毅！

張毅談人生、宗教、藝術，深度與廣度不亞於大師，令人思索再三，回味無窮。

他在一篇文章中提及：

琉璃工房的佛教藝術，就如同所有宗教藝術一樣，對於楊惠姍而言，對琉璃工房而言，是「我」觀想慈悲和智慧的一種方便法門。

透過各種型式的造像，其實是對於生命不安的自我療癒，因為專注，因為反覆的揣摩，甚至因為鑄造琉璃佛像創作過程的挫折，已經使創作者心靈獲益良多。因此，二十八年來，持續不輟；然而，更大的期待，自然是：那些對於慈悲和智慧的感動，是不是也能分享給觀者一二？

張毅以烈日之下，聖彼得大教堂前排著漫漫長龍的教徒爲例：

他們平靜地等候，只為了進入大堂觀賞米開朗基羅的受難像。那是宗教，還是藝術？對於任何凡人來說，聖母瑪麗亞望著受難後平靜的耶穌，那麼悲憫的表情，是永恆的精神力量。

他的結語如是說：

宗教藝術，藝術自身是一種宗教。我們逐漸如此相信。

他從宗教和藝術領會的慈悲與智慧，淨化人心，相信這也是張毅孜孜矻矻努力的志業。

惠姍一定深深了解張毅，因此在大悲之下，還是按捺著傷痛，整理了張毅的文字，盡速公諸於世。這可能會讓張毅在天堂對惠姍無奈的微笑，但我想這對大衆有利。

這本書引發我另一個「後悔」，就是後悔沒能在張毅生前多與他交流，多聽聽他的想法，多向他請益。他爲人一向謙遜，每當我們相聚，他總是靜定少言，觀察多於抒發。我想，如果讀者看了他的文字，有機會聽他闡釋，再佐以問答，將讓人如醍醐灌頂，深獲啓發。

他在〈智慧只能苦中來〉一文中寫道：

人最大的智慧，可能是對「生老病死」，以及「貪痴慢疑」的種種認知。這種認知讓自己體悟生命本質的不完美，而從這個淒涼的結論，一個人，也許才能開始寬容自己，寬容別人，而這樣的寬容，也許是智慧真正的開始。

其實張毅並沒有虧欠這個社會。他的電影，每部都展現了他的才氣與思想，值得一看再看。他對琉璃藝術的推動，透過這本書的敘述，更讓人了解他的起心動念、創意與前後經歷的辛苦和挫折。

惠姍加上張毅，汗水混雜淚水，再加上財務與業務的沉重壓力，就這樣一生懸命，如鳳凰浴火般孕育、創造、淬鍊出今天的琉璃工房。

琉璃工房的成就，聞名於世，不愧是臺灣的驕傲，足為「臺灣之光」。以前我在美國華府擔任駐美代表時，每年最大的活動就是國慶酒會，邀請成千上萬的中外來賓與會。我想這是展示令人驚豔的臺灣文創的最佳時機，於是厚臉皮地向琉璃工房開口，請他們來展覽，他們二話不說爽快地答應。後來連令人頭痛的運費問題，也承華航優待協助，最後順利進行。

當年的展出，衆人讚嘆，大獲成功，十足爲臺灣爭光。後來琉璃工房還借一些精品給駐美代表處來布置雙橡園，吸引美國參衆議員及各界人士前來參觀，爲駐美代表處增添文化的光環。

我爾後返國至外交部及臺中市工作，我們雖少有交集，但彼此心心念念。我與曉鈴有時赴上海訪問，也不忘到浦東去看看他們，誠心希望他們一切都好，尤其是健康與事業，也都能夠平安順遂。

張毅去世，對曉鈴和我是很大的打擊，我們萬般不捨，同時也爲惠姍無比憂心，她如何承受得起？此後成爲琉璃工房的「單親媽媽」，實在是千斤萬擔，這會不會壓垮她呢？

直至閱讀新書稿，充分感受到惠姍的盡心竭力與堅韌，讓我稍感寬慰。惠姍還在我們身旁認眞用心地過日子，她同時要張毅在天上放心自在，不要牽掛。我篤信經由這本書，張毅留給這個世界的思想、情感與智慧，一定會發光發熱，久久長長！

序——

張毅——一位我所認識的文化人

如常法師　佛光山佛陀紀念館館長

在華人世界，大家對張毅的認識，可能是從他跟楊惠姍共同創辦揚名於世界的琉璃工房，以及他早期所執導的電影，或甚至是他十九歲時就已經廣受矚目的短篇小說作家。說他曾是一位文藝青年不爲過，然回顧其一生所從事的工作，我想，他是一位徹底的文化人，一位熱愛自己國家民族，以及充滿使命感的文化人。

張毅曾表示，「文化，是一個國家、社會，甚至人心，最需要的一種穩定的力量。」一九九一年，琉璃工房於文建藝廊展出時，他更疾呼：「因爲文化，才有尊嚴。」無論是做爲一個導演，乃至一位創作者，或國際品牌的經營者，他的倡議總帶有一股深沉的焦慮與不安。這不安，並不是爲了自己，而是來自對自己的國家、民族、社會、文化、教育的未來感到擔憂所產生的迫切與焦慮，是那份使命感，讓他覺得不安。身處在當今的環境中，他的憂國憂民，令他的身影總顯得有幾分抑鬱，這些許也是當今文化人的孤寂！

琉璃工房成立初期，星雲大師卽與張毅、楊惠姍認識，一九九三年在籌備佛光大學的義賣會，他們就曾捐贈作品共襄盛舉，乃至佛陀紀念館「普陀落伽山觀音殿」的設立，跟大師與佛光山一直有著深厚的因緣。因爲舉辦展覽，這十幾年來，我跟張毅也有了更多的互動與合作。他與楊惠姍每到佛光山，第一句話都是先問：「師父（星雲大師）好嗎？」他們對大師的恭敬與關心，每每都表現在所有的言行上。我也因爲負責佛陀紀念館的營運，以及全球二十七所佛光緣美術館的統籌規劃，在文化藝術的領域上讓我們有了共同的話題，因此，我們見面談論的都不是琉璃工房，而是臺灣的未來、兩岸關係，以及中華文化的傳承。

文化是什麼？張毅曾引述經濟學家麥可・波特（Michael Porter）所說：「文化是一種態度，文化是內心的價值，文化是信仰。」因此他表示：「如果我們把態度、內心的價值、信仰，做一個綜合性的串連——那就是『人心』。文化是形成『人心』最重要的關鍵。」而他也從自己成長過程與父親的微妙關係中覺悟到，對於每個生命所期盼所渴望的，應以「誠意」面對，也就是永遠誠實地面對自己與別人、面對這個時代與歷史乃至面對未來。

因此我們可以發現，在工房的藝廊上所要經營的，不是做生意，而是與客戶建立在感情與價值基礎上；「永遠不斷創作有益人心的作品」，是張毅爲琉璃工房所立下的核心宗旨。他以近乎對宗教的虔敬，來看待文化工作，即便在上海經營琉璃藝術博物館或餐館，我們都可以從所有細節中發現他對文化是多麼的在意與堅持！

至今距離一九八七年他與楊惠姍共同創辦的琉璃工房已然走過了三十五個年頭，他們所締造的紀錄，已是琉璃工藝上難以超越的門檻。但面對所謂的成功，張毅愈顯謙卑。他對人的情義與溫暖、他的謙讓與寬厚，都來自他對人性的理解與包容，也就是佛法所講的慈悲。星雲大師表示，一個人可以什麼都沒有，但不能沒有慈悲。「唯有慈悲」我想他已經擁有這世間最珍貴的東西。

張毅表示，每次回到佛光山就像回家充電，看到這裡每個地方、每個面孔，會感覺到一股力量，都有種放下的感覺。為此，他選擇了佛光山做為他此生最後的安頓處。此刻他一生的精采雖已落幕，但一生以文化為信仰的張毅，相信他的身影仍舊深深地烙印在每位親友的心中。

序——張毅走了太早了

宋秩銘　奧美大中華區董事長

本來我們還可以在退休之後，好好聊聊，看看我們以前走過的路子，互相更進一步的了解，沒想到以這種方式來更進一步的相識。

初次與張毅見面，是在國泰建業廣告公司（臺灣奧美的前身）。當時他是文案，我是協理，負責管理及業務。我們沒多少互動的機會，他很快就走了，聽說又回去電影界了。

我們在廣告業有個說法，拍不了電影，就先在廣告公司待著吧。

張毅拍了「玉卿嫂」之後，大家才回憶起來，他在我們公司待過，我們都引以爲傲，往自己臉上貼金。

我與張毅、惠姍眞正熟悉，是在上海。他們在上海新天地開了家餐廳「ＴＭＳＫ」，以琉璃工房的作品及意念，打造成爲酒吧及餐廳。

那時我常駐在上海，在奧美，有空就經常去找他們聊天喝酒。張毅好像回到了當年廣告行銷的專業，思考如何建立琉璃工房的品牌，如何競爭，如何面對大陸的市場。而惠姍是個產品，是品牌的化身。張毅還是個導演，惠姍是個演員，這是不分的，就如他們合作的第一支片子「玉卿嫂」。

我跟張毅成長過程像極了，看了他的文章非常感慨。

他在〈文學的透明思考〉一文裡提到的書單，至少百分之八十與我相同。我也是基督教家庭長大，逐步走向佛理。他小時候顯然是比我叛逆多了，也更大膽多了。相同的，只看課外的東西，電影院是我們興奮的來源，沒有錢，在家找一些父母不注意的銅器配件，敲掉拿出去賣，才能去看電影去買書。

我做了三年廣告之後，覺得不想就這樣繼續做資本主義的尖兵了。我父親給我一筆錢（比張毅文中提及的一百美金多，見一六二頁），希望我到美國念書。我遊蕩了三個月，把錢花光，回到臺北機場時，還打電話給朋友借計程車費。回來三個月後，我父親才知道我回來了。

這些都是小時了了。回來之後，我走了與張毅不同的路，回到我唯一熟識的生存技能，即廣告經營管理，不掙扎，一做就是四十年多了。

看了張毅的書，除了感慨，還是佩服張毅的勇氣及執著。

走好，張毅。

並祝惠姍安好及愉快。

代序——

我將帶著這本書到天涯海角

楊惠姍　琉璃工房創辦人、藝術家

張毅，你好嗎？

每天還是習慣跟你說話！
生活裡，不停地看到我們一起走過的種種……有時會忘了你已經不在了！
現在每天回看你所有的文章，文稿，文字，
就算不經意地在紙條上留下的一句話，或者沒有寫完的片段，
都會閃現片段的溫暖畫面！

我從來就很羨慕那些老天爺特別給了天分的人。

在他們有限的生命當下，能夠盡情揮灑他們的才華，享受這些天賦！也感悟到這些有天分的人，同時具有命定的人間使命。

你曾經在〈飛行的眼睛〉裡寫到：

……靜靜地，感動猛襲。
人對自然，原來如此脆弱，如此渺小。
突然懂得莊子，大鵬一飛九千里。
突然懂得方東美先生，曾經一再提起：
飛起來，飛到宇宙的上方，回頭再看人間。
要飛起來，要回頭再看人間。
因為旅遊，因為移動，因為離開原來的座標，
人有了新的觀照，看見別人，看見新的自己。
有了一雙飛行的眼睛。

射手座的你，對生命充滿了好奇，愛探索的特質，

讓你就像那隻大鵬鳥，永遠想飛得高高的去看這個世界！
也許你這一趟人間行的任務，就是要透過你的眼睛，
去觀察別人，去探究生命的諸多面相，
找到自己生命存在的意義及價值！

特別喜歡你在一九八四年出版的《台北兄弟》短篇小說的自序裡說：

如果可能，每一個人都應該寫書，不管寫什麼書，
大家只要寫下自己的想法，
記下自己的所見所聞，講自己編的故事，甚至胡扯也可以。
那麼臺灣一千八百萬人口，在每一代裡，至少寫下一千萬本書。
一千萬本書。那種偉大無比的文字力量，
我們可以當之無愧地堂而皇之地稱它為「歷史」、「文化」……
或者種種諸如此類美好，壯大，而又實在不知其所在的名稱。

年輕時的狂妄、熱情、任性……

都化作一篇一篇理想的生命期待。
在琉璃工房的三十四年，一萬三千多個日子裡，你從來沒有停止過，
一個字一個字的寫下你對每一件作品的思想與情感。
你將一個沒有生命材質創作的琉璃作品，
用你的文字賦予了靈魂，有了生命。
寫下你對於「文化與尊嚴」的關照與省思。

你從小不停的大量閱讀，你認爲書是「寧爛勿缺」，什麼書都要看。
這些豐富的涉獵，
讓你的文字可以穿越古今，貫穿東西。

記得在〈誰要聽ＴＭＳＫ新民樂？〉那篇文章裡寫到：

當「王昭君」音樂一起，
塞外大漠的平地雷聲從電子合成器裡傳出，
笙幽幽地彷彿異域的孤煙，二胡自顧自地嗚咽，

進入快板之後，笛子和二胡的一問一答，
連一般的外籍客人都放下手裡的刀叉。
他問：「這個曲子是講什麼故事？」
有人回答：「是一個漢代的妃子，被迫許給外國的蠻族的悲情。」

許多TMSK音樂的情感的糾結，和這個叫TMSK的餐廳一樣，
其實是一種對某些記憶的懷念，這些「記憶」後的概念，
如果略略深究，你可以在裡面找出所謂「民族」，所謂「歷史」的成分，
然而，在這個凡事要單純，要淺的時代裡，
那些念頭只留下一種掙扎的痕跡，一種悵然。

在你的筆下，從「笙幽幽地彷彿異域的孤煙，二胡自顧自地嗚咽……」的哀怨，
可以一轉身就進入到「……所謂『民族』，所謂『歷史』的成分」！

文字之於你，可以上天下地，來去自如，是那麼自由又自在！
文字在你的手裡成爲一種探索，修練的工具！

當你最後躺在醫院的病床上，全身插滿針頭管子，手腫體乏之際，
你還是很吃力地提著重如千斤的筆，一筆筆地寫著，寫著……
那種強大堅定的信念，每每想起來都還覺得心很痛！
雖然心痛，又不忍心阻止你……
我想那是你這一生，這一世重要的生命意義！
也就是這麼強大的信念，才能堆砌出那麼精采的積累。

文字力量薄弱的我，要替你的書寫序，眞的是有點不知從何下筆！
只好像你經常說的，只能「全力以赴」。

對我來說，表面上好像我在爲你出書，
事實上透過你的文章，它們給了我生命最大的依托與養分，
我永遠可以帶著它到天涯海角，感覺你還在帶著我，陪著我……
就像你幫我過的最後一個生日賀卡上寫的，
「永遠沒有來不及的愛」，
你讓我的人生那麼不一樣，謝謝你！

我也期待，你這些眞誠的文章可以跟更多人親近，
如果當中某些情感可以讓人心中有些觸動，應該是最有意義的！

你一直到生命的最後，都還在憂心的那個「文化」，
可不可以因爲你的深切關懷，
也許，塡補了一些靈魂的空缺，
也許，爲我們這個世代的種種挫折與遺憾，
留下一點勇氣與希望的光！

謝謝所有一路支持我們的朋友，再次藉由這本書跟各位相遇！

感謝天下文化出版社一路以來的陪伴！

惠姍虔十感恩

序曲——

一身不拘

張毅，奇怪的人一個。
問他為什麼參與琉璃創作，
是不可能有答案的。
問他一生最關心的事：
生，能愛，
死，無懼。
這種事，不宜多談，它太沉重。張毅說。
張毅，認為佛像不用作態，

美醜不是塵俗可以說長道短，
三歲小童，沙地柳枝繪形，
別人看不懂，問是何物？曰：佛。
就是功德。已是功德。因一心稱佛。

那麼，就做一個張毅的琉璃自在，
對生命，自在，
對人間，自在，
可以擁愛而眠，就可以枕死亡入睡。
所有的自在，彷彿完成，又彷彿尚未，
隨興隨意，不等待，也不不等待。

琉璃，對張毅而言，是愛與死亡之寄，
凡塵裡，只見眾說紛紜，
對張毅，不過無言以對。
這樣的態度，一反張毅在琉璃工房

一向說個不休不止的慣例。
張毅又說：那是爲大家的事，這是談我的事。

對於「自在」的出現，張毅只肯說：
我的心裡不自在，所以，我做自在。
一身不拘，無聲，無光，無色，又隱隱有聲音有光自裡傳出，
自在不自在？

對我而言，讓我
動力。它不僅僅
張奇特的熱情，
，多了一種憧憬
過自己想像，如
我的生活、我的
在那樣想
，我

‧第一部

把一切做到極致，就成爲一種道

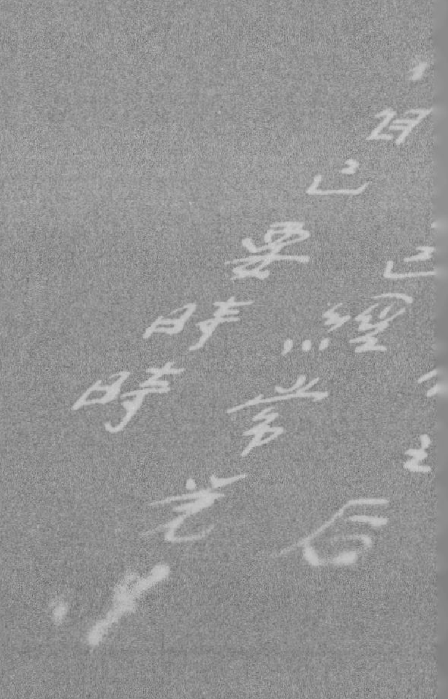

相信，之重要

沒有人懷疑信仰；或者說，信仰很重要，但是，在生活裡，我們不一定真的奉行。我們常說日本這個神道國家，無處不神，其實不一定有多大的敬意。

當我在金澤一個吹製玻璃的工作室，看見進入工作室的年輕學生，在開始工作之前，走到一角，對著牆上一個用草結成的繩環合十膜拜。雖然，對他肅穆的神情印象深刻，但是，心裡總覺得：草環畢竟是草環，到底意義在哪裡？

然而，年紀大了，自己慢慢領悟：儀式，終究是信念的延伸。人的脆弱，沒有經常性的紀律鍛煉，嚴格說，脆弱不堪。信念，沒有意志的貫徹，不成信念。

如果那個年輕學生深信草環就是他的「神」，那麼，他的尊敬，他的相信，就是強大的力量。

我們寧可每個人心裡都有一個可以膜拜的草環。

三百五十年的漬物

漬物，日文的醬菜。

京都，或者奈良街頭，到處都是。尤其，京都。

但是，每一家賣醬菜的店，都強調「古法」。有多古？在京都看見的一家醬菜店，說他們家的醬菜，有三百五十年的歷史，三百五十年？差不多跟中國西周的歷史一樣長。

夜晚，竟然飄下雨雪，醬菜店前空無一人，電視兀自播放著，介紹一個老頭做醬菜，漢字說是一種叫「千枚漬」的蘿蔔醬菜。

老頭示範得極詳細，把一個個極大的白蘿蔔，一刀一刀，由底部薄薄地水平片開，醃的時候，是一片接一片如花瓣似鋪開來。然後，一層鹽，又一層如巨大菊花般綻放的白蘿蔔。一層鹽，一層蘿蔔，花瓣的距離一模一樣，老頭嚴肅而安靜的表情，彷彿一名武士。

工序繁瑣之至，最讓人不耐的是：這樣鋪著白蘿蔔，是放置在一支半人高的木桶裡，醃到一定時候（他當然說了，但我不懂日語），原來只有白蘿蔔和鹽的醃桶，已經全是滿的水。

下一個工序叫「倒水」，老頭把醃桶倒置，水自然流盡。他筆直揭開木桶，只見一龐然白蘿蔔巨塔，老頭竟然，竟然是一層一層地揭開白蘿蔔，然後，又一片一片揭開來，再一片一片如原來的花瓣似放回醃桶。跟原來的工序一模一樣。

雨雪仍然飄著，行人愈來愈少，醬菜店前仍然空無一人。看著示範的影像，想像那些重複、瑣碎的動作，應該也只是孤寂地做著。三百五十年，也應該一模一樣。

離開日本的第二天，就聽說了日本的地震和海嘯的事。媒體討論著日本老百姓在災變裡的反應，爲什麼如此安定？想起那個做「千枚漬」的老頭，突然若有所悟。

更寬廣的生命

讀入門的佛經常常不能深切體悟，總覺得雖然明白，但是不能眞正地「悟」。

譬如：生死的問題。人生還有比生離死別更深切的事嗎？但是，人縱令親自走過，時日一久，常常還是一片模糊。

我自己是個例子。我有心肌梗塞的病史，碰見有這種病的人，自然就關切一點。聊起來，發現都有吃飯狼吞虎嚥的問題，彼此都說難得死裡重生，自當引以爲戒。但是，好像都在病後三個月戒愼恐懼，然後，慢慢就故態復萌矣。

我說的是：無常。

上海馬當路的琉璃中國博物館，在二〇〇八年四月結束之後，我不能說完全沒有任何遺憾的感覺。

爲了這個博物館做出多少的努力？不要光是想費用的問題，爲了那一片一片的琉璃磚，曾勇楨和林志昌飛了多少次成都？上琉璃磚的時候，多少伙伴在鷹架上一塊一塊上。爲了一個洗手間設計，惠姍、賴振卿、余先生、尹代恩蹲在馬桶旁，吃了多少包子？多少人夙夜匪懈？多少心血？

我心想：如果這是一部電影，那一場場戲，結束的時候，能不傷感也難。

但是，同時，面對可以預見的未來，琉璃工房已經接到三個預備進行規劃的琉璃博物館案。其中有的就希望換個地點，把琉璃中國博物館重新再建。

「琉璃」，這一切眞是要我們「身如琉璃，內外明澈」嗎？眞要我認清「彩雲易散琉璃脆」嗎？

我突然想起藏傳佛教的「壇城」。幾個喇嘛跪坐四個月，用五色細砂繪出一幅讓人看了感動得落淚的曼陀羅，完成之際，他們用掃帚一下子掃掉，剎那間，讓人屏息的美，化爲烏有。

我們當然要承認整個計畫對環境期待太高，當我們不能兼顧夜間經營，訊息已然呈現，當隔壁的法拉利結束營業，訊息就更清楚。

然而，我寧可相信這是一堂深刻的教訓，我們要在其中學到我們難得的生命經驗，而那些經驗，分別在每個人的心底留下痕跡，這些痕跡，是讓我們面對更寬廣的生命的力量。

此文原有前言如下：

自二〇〇六年四月開幕以來，琉璃中國博物館得到了各界朋友的關愛和支援，得以不斷成長。爲了尋求更大的發展空間，完善博物館功能，提供更多的服務給觀衆，琉璃中國博物館將要搬家了，幾處新址正在評估中。

雖然博物館實體於二〇〇八年四月暫時關閉，但這段休整的時間，博物館的工作將不受實體建築的限制，除對外展覽停止之外，日常工作仍然繼續。琉璃中國博物館的網站：www.

liulichinamuseum.com 及網上博物館，也將持續朝著 Virtual Museum「虛擬博物館」方向，發揮宣揚琉璃藝術的功能。

二〇一〇年十月，「上海琉璃藝術博物館」於上海泰康路重新開幕，恢復營運。

沒有人，就沒有藝術

我們相信藝術，是因爲藝術跟人有關，無論是一種思想，或是一種情感，終究是一個人對於宇宙、對於生命的表述。

玻璃的創作，是不是藝術？能不能是藝術？毋庸討論，因爲，就如我們討論一幅繪畫是不是藝術？這裡不討論油畫是不是藝術。

對我們而言：我們只關心玻璃藝術，是不是人的藝術？是不是人對於世界的反思？否則，所有玻璃創作的呈現，只是技巧的沉溺。

人類的玻璃歷史極長，但是，涉及個人生命感觸的創作極少。

艾米爾．加萊（Émile Gallé）是一個重要的標誌。他的宗教情懷、人文素養，讓他一生研發的玻璃技法，有了靈魂。綜觀他一生所有署名的作品，乃至他身後，仍然以他的名字發行的所謂 Gallé glass，檢視其中艾米爾．加萊個人生命感懷的成分，即是作品的藝術可讀性。

Why Glass?

我們深信，唯用玻璃創作，能夠表述我們對生命的思想和情感。

奈良藥師寺的白檀香

第一次接觸香，離今已二十多年。回想起來，覺得不光是香的單純事情，而是我們這一代人對於文化、對於傳統的遺憾和感慨。

那時候，我和惠姍已經成立琉璃工房，我們心裡清楚：無論從創作的角度還是從產業的角度，沒有技法的基礎，我們的中國琉璃概念，都是空談。那個在法國叫 Pâte de verre，或者叫 Pâte de cristal 的技法，成了我們做夢都反覆思索的事。我每天想像用這個脫蠟鑄造法，做出中國從來沒有出現過的創作。

惠姍和我的房子，能賣的都賣了。還要住不能賣的，全抵押了。每天看見一次又一次的失敗，每天都在彈盡援絕的噩夢裡。

第一次在日本，聽見一位名叫由水常雄的說起，中國在漢代就有這種技法時，我們好久說不出話來。不敢在外國人面前露出無知，只能在日本跑斷腿搜購所有相關書籍。仍然記得買回所有的書籍，一個人在淡水海邊的琉璃工房翻著，因爲不懂日文，只憑漢字猜測著。

河北中山靖王墓裡，金鏤玉衣耳邊兩隻琉璃耳杯。別的判斷不一定能確定，幾年琉璃工房做脫蠟的經驗，很容易判斷那兩隻琉璃耳杯，的確是把玻璃研磨成粉，鑄造而成。那麼，以中山靖王封墓的時間計算，離今至少兩千一百年前，中國也有自己的 Pâte de verre。

我們一無所知。

我們說我們賣房子、抵押房子，如何壯烈地研究開發這個玻璃粉的脫蠟鑄造法，但是，我們終究對於傳統，是無知的。之後，我們花了四年在日本巡迴展覽。從經營的角度，利潤微薄，然而，在心底我們卻甘之如飴。原因是我們有了正當理由在這個國度裡東張西望。

也因爲這樣，我在奈良藥師寺第一次見到香道的儀式。

其實，那是因爲當時仍然健在的奈良藥師寺的管長高田好胤邀請惠姍和我去，理由是高田管長希望借著藥師寺每年一度的神武天皇祭，讓惠姍的琉璃藥師如來佛像奉納藥師寺。

關於奉納，我們一知半解，高田好胤解釋：是獻藝。奉納當天，除了惠姍的琉璃藥師佛像，還有茶道、香道、雅樂的佛前獻藝。

秋天的晚上，奈良藥師寺黃土的中庭，清水遍灑，萬盞的方紙燈籠點起，燈籠上墨字書寫：藥師寺，萬燈法會。大殿金堂，所有電器照明盡無，只有燭光。突然明白，幽古之心，先要有幽古之境。

那是個極度儀式的儀式。從服裝、神情，以致到打開一個布包，取出一件香具，放置一件香具，每一個動作，近乎舞蹈。當時的感覺：生平第一次看到焚燒一點點香，竟然眞的煞有介事地成爲一種道了。

據說，有五百年歷史的「志野流」第二十代香道傳人，是位叫蜂谷的中年人。事後請教，說起整個儀式來由，是從中國宋代傳入日本，大致沒有改變任何細節地一路保存著。

七百多名的信眾，在長達四十分鐘裡，鴉雀無聲。每個人心觀鼻，鼻觀心，狀如禪定。而我，因為高田管長的禮遇，坐在離香道儀式最近的位置，然而，我什麼也聞不到。

委請老友呂承祚帶著錄影機全程錄影，承祚不斷跟我咬耳朵：「沒有光，什麼都看不見。」一想著那大段光線極暗的影片，擔心有誰能夠耐心看完？但是，我一直忘不了那些全場安靜無聲的信眾。你當然心裡清楚，那不是聞得到聞不到香的問題，而是一種奇特的群體信仰。

奉納儀式的最後，是雅樂。在藥師寺金堂外，露天搭起一個木臺，幾個人神情肅穆地吹奏著極緩慢的樂曲，因為極慢，極空蕩，月光下，蕭瑟的篳篥的聲音，竟然令人覺得寂寥。回頭一看，寺前有白紙大字寫著演奏的曲牌名字：〈春鶯囀〉。傳說是唐高宗所作，唐代傳入的古樂曲。那麼，又是一個九百年的保存。

奉納儀式結束，已經是夜裡十點多，高田管長仍然在寺外餐廳備了晚宴，宴請惠姍和我以及承祚等遠客。因爲有翻譯，我可以表示對於初見香道和雅樂的種種感觸，以及可惜只有燭光，錄影效果可能不理想的遺憾等等。

高田管長開心地笑說，明年再來，可以配合錄影，讓我們打上燈光。然後他又說不知道我這麼重視香道和雅樂，可惜雙方語言不通，得通過翻譯，不易暢談，他還說要努力學中文。

告別之後，仍然穿過藥師寺金堂，突然聞見一股飄然而過的香味，問了寺裡，知道是藥師寺裡精製的白檀線香，說高田管長已經備好，給我們當禮物。

也就是次年，一九九八年三月，在臺北聽說高田好胤重病，六月，就聽說他因爲胰臟癌猝然離世。惠姍和我再去藥師寺，已經是到不遠的墓地去祭拜高田管長了。

離開藥師寺，突然想起高田管長送的藥師寺白檀線香，早已經用完。到寺前買了幾盒，回到家裡，點燃，努力地聞著，滿腦卻淨是高田管長呵呵地笑著，他要努力學中文，跟我暢談關於香道，關於雅樂。

今天，到處聽見談香，談香材之昂貴，我越發想點支據說一點也不昂貴的白檀香。

因爲喜歡，因爲愛

身爲琉璃工房的工作伙伴之一，我如果覺得這十年不斷地工作裡，學到了什麼東西，而值得與大家分享的，可能只有一個重點，就是：要眞的愛你的生活，愛你的工作。

我們在很多人生的勵志叢書裡，也許聽過讀過很多的說法，但是在我自己的工作經驗裡，覺得，只有這一個關鍵，是非常永遠的：愛自己的工作。

德瑞莎修女一生奉獻，並沒有很複雜的原因，一個簡易的「愛」字而已。但憑這個字，所有我們日常熟識的——挫折、倦怠、冷漠、虛無、不平……，無數在現代人的心裡負面的東西，都不存在。

對我而言，經常很容易看見很多身邊的人，對工作、對生活，都無法眞正的「愛」，因此轉移了方式，給自己十分「合理」的藉口，放棄工作，不全心工作，甚至有些虛應地工作。工作不是他的人生，當然也不是他的最愛；經常地，他花在工作外的事物和時間，比工作多太多太多。

我很容易看出這樣的問題，因爲太容易從他的言辭、身心狀態、工作時的享受感看出來。我也明白，我不容易說服這樣的人，甚至顧全個人尊嚴，我也不能坦白直說。

但是，我深深地覺得可惜。

生命如此短暫，率直眞誠地面對自己，讓自己能愛，是一種很開心的永遠喜悅。

相對的，不能眞正地「愛」自己的工作，所有在僞裝下的時時刻刻，都是浪費，走不遠的。

琉璃工房的創立動機，是創造一種自己喜歡的工作，這個動機永遠只有懂得的人，享受其中的樂趣。

一九九七年，張毅與伙伴學習分享之短文

寧願和羚羊一起到另一個世界

二〇一四年，世界夢幻跑車的第一品牌布加迪（Bugatti），在日內瓦首發一款叫林布蘭特的布加迪威龍跑車。這個號稱世界最快的跑車，大陸叫價四千萬人民幣，是不是會因爲叫林布蘭特而賣得更貴？不是跑車迷，無從得知。但是，每次到巴黎奧塞博物館，面對這個叫林布蘭特．布加迪（Rembrandt Bugatti）的作品，總覺得滿心歉疚。

二十年前，有朋友是日本賽車選手，又是布加迪迷，大概覺得我是所謂文化圈子的，送給我一本布加迪畫冊，是義大利文，因此只能看圖片。

畫冊裡主要是介紹布加迪家族，因爲各個年分的布加迪跑車，占了一大半。但是，還有一大堆銅鑄雕塑，全是動物，長尾狐、羚羊、驢子，還有美洲豹。做雕塑的人，想必是布加迪家族的一員，是個長得有點怪的傢伙，照片裡戴著一頂帽子，雕塑驢子，就面對一頭活生生的驢子，雕塑長尾狐，就面對一群長尾狐，全是寫生雕塑。

當時，不求甚解，義大利文也看不懂，那個年代，也沒有 GOOGLE，直覺反應揣測：眞是個資本家的附庸風雅，製造跑車賺錢賺瘋了，喜歡雕塑就罷了，還弄來這麼一大堆活生生的動物折騰。相對的，雖然覺得那些動物雕塑頗有獨特神韻，但是，因爲反感，也就有意忽略了。

一直到有了機會去奧塞博物館，看見那些很眼熟的動物銅雕，看到作者介紹，立即查了所有資料，頓時覺得自己眞是無知！對這個叫林布蘭特．布加迪的傢伙，更是滿心虧欠和愧疚。

一九一六年一月，三十一歲的林布蘭特．布加迪，從巴黎瑪德蓮教堂望完彌撒，買了紫蘿蘭花，回到家中，把花放在身旁，開瓦斯結束了他短暫的生命。他留了信給他的哥哥，也就是那個設計布加迪跑車的布加迪，也留了信給警方。但是，仍然沒有人知道他爲什麼輕生。

一個說法：他自願在第一次世界大戰期間參與救護工作，目睹太多死傷，讓他身心抑鬱不能自拔。

另一個說法，這個二十多歲、憑著在巴黎動物園的動物寫生雕塑作品就揚名歐洲的雕塑家，自幼就因爲母親對他的排斥，而終其一生落落寡歡，不能適應社會生活。（原來那些動物是動物園裡的。）

更重要的說法是：由於他對動物的強烈情感，他最後的生活，幾乎全在比利時的安特衛普動物園度過，那些羚羊、鵜鶘，是他雕塑的對象，是他生活的陪伴，也是生命裡的依託。他甚至曾經從動物園領養兩隻還沒斷奶的羚羊，親自用奶瓶把牠們養大。動物園裡暴躁不安的美洲豹，看見他來了，竟然會安靜下來，趴在他面前。但是，戰爭期間物資缺乏，安特衛普動物園不得不屠殺這些動物。

這個瘦高男子，大額頭，深邃的眼神，到底心裡想著什麼？實在無從揣測。但是，身爲顯赫的布加迪家族一員，終生孤獨地把心向著動物，那個充滿了反諷的悲情，成爲歐洲雕塑藝術的傳奇。

他生前留下三百多件銅鑄動物，從五寸大小的，到眞實尺寸的。一件狒狒銅雕，最近在蘇富比拍賣出三百萬美金。但是，對於這個苦命的寂寞靈魂，又有什麼意義？他寧可跟著那些陪伴他，卻被屠殺的羚羊，到另一個世界去。

我還能不能回到慕拉諾？

我已經忘了第一次到威尼斯的時間，更要命的是，我根本不想去想是什麼時候。在報上看見威尼斯的慕拉諾（Murano）島上正蓋起現代酒店，電鋸聲不絕。一時覺得自己是如此蒼老，否則，怎麼這般容易傷懷？

一九八七年開始，因爲琉璃工房，所有跟玻璃有關的城市，我們都得去。捷克布拉格、法國南錫、義大利威尼斯。

一般而言，去之前，功課做足，因此，雖然都是些從未去過的地方，但是身在其中，總覺熟稔非常。

住在威尼斯一家叫卡薩諾瓦（Casanova）的旅館，房價近四百美金，發現窗子之老舊，已近古董。房間沒有冷氣，慶幸天氣仍涼。沒有任何抱怨的原因，當然是書上讀來的知識。說威尼斯的城市管理嚴格，水城裡連汽車都不許進入。住戶修繕一扇窗戶，需要申請核可。

如果以十三世紀之後興起的歷史計算，這個號稱最美麗的人工興建的城市，已經保持現狀超過七百年了。

不過，我來威尼斯，不是爲了威尼斯，而是爲了離威尼斯不遠的慕拉諾。

星期天，威尼斯碼頭上全是兜攬生意的汽船，開船的叫喊著：「Murano! Murano!」船在海上幾分鐘，就到了這個十六世紀起，號稱世界玻璃製造中心的小島。

全盛時期，島上有四百家工作室。如果說世界玻璃工藝史裡，慕拉諾玻璃占據了整個十九世紀之前的歐洲市場，是不算誇大的說法；比較誇張的是：當時歐洲貴族婚禮上，沒有慕拉諾玻璃陪嫁，是沒有臉見人的。這個說法的延續，就是島上的玻璃工匠，在威尼斯大公國的統治下，不得把玻璃工藝外傳，違者處死。

我不是觀光客，當然不看熱鬧，很快地挑了維尼尼（Venini）的工作室，因爲是斯卡帕[1]當年所有玻璃創作的委託製造工作室。才稍一瀏覽，立刻心底一沉，斯卡帕過世多年，維尼尼沒有任何新創作？慕拉諾的未來在哪裡？

幾天之後，認識了L. S.[2]。老先生七十多歲了，是當代義大利玻璃藝術的代表。十四歲開始吹玻璃，六〇年代之後，只做大型雕塑，只在博物館展覽。在那個一般成名玻璃藝術家的作品市價平均兩、三萬美金的年代，他已經把自己的作品定價三十萬美金了。

在我們外國人面前，老先生壓抑得很。和我們一起走在街上，我突然問了個蠢問題：「威尼斯這麼多玻璃藝廊，你推薦我們看哪一家？」他看看我，半天不說話，

1 卡洛·斯卡帕（Carlo Scarpa, 1906~1978），義大利知名建築師、玻璃工藝與家具設計師。
2 李維·瑟古索（Livio Seguso, 1930~），義大利玻璃工藝大師。

突然說：「你叫這些『店』（shop），是『藝廊』（gallery）？」

在威尼斯一家玻璃藝廊前，他指著一件長方形玻璃裡鑄造了幾尾熱帶魚的作品說：「我二十歲時設計的。」

那麼，現在誰仍然做這些作品？他的女兒和女婿，接了他的工作室，繼續生產著他五十年前的作品，繼續在威尼斯銷售著。去了幾次他在慕拉諾的工作室，空無一人。「爲什麼沒有助理？」「年輕人嫌苦，懶得學。」他自顧自地說。沒有人比我更了解他在說什麼。

我仍然記得第一次到慕拉諾，當年的小店，前面賣著威尼斯獨有的叫「萬花」（millefiori）的小玻璃墜子，後面小小的工作室，老太太用小窯自己燒著，用小研磨臺研磨著。

兩年後再去慕拉諾，已經沒有人自己燒了，小玻璃墜子掛著「Made in Taiwan」。現在，自然是「Made in China」了。

那麼，慕拉諾電鋸聲不絕於耳，大興土木蓋酒店又如何？沒見過周莊、朱家角蓋起大片的現代酒店和別墅嗎？

想想，也只能如此。

伊斯坦堡街頭的貓

如果問我，到伊斯坦堡，最想做什麼？我想見到在伊斯坦堡街頭上餵貓的巴赫曼．戈巴迪[3]。如果見不到巴赫曼．戈巴迪，就想看一看伊斯坦堡的貓。

「我不能回家了，所以，我住在伊斯坦堡。」「醉馬時刻」、「烏龜也會飛」的導演巴赫曼．戈巴迪，在一個訪問裡說。他每天都出門，背著他的背包，裡面放著貓糧。他就在伊斯坦堡街頭餵街貓。

3　巴赫曼．戈巴迪（Bahman Ghobadi, 1969~），伊朗導演，出生於伊朗、伊拉克之間的庫德斯坦。作品包括：「烏龜也會飛」（*Turtles Can Fly*, 2004）、「醉馬時刻」（*A Time For Drunken Horses*, 2000）、「半月交響曲」（*Half Moon*, 2006）。

對於巴赫曼電影的爭論，永無休止，沉重而激烈。回頭看看，伊斯坦堡街頭的貓，和人的世界比較，簡直是一種睿智，一種超然的生命狀態。

如果你不知道伊斯坦堡街頭上的貓有多麼著名，建議在網上查一下：*KEDI*[4]，一個土耳其女導演的紀錄片，主題是伊斯坦堡街頭的貓。二〇一七年二月在美國上映，只有一家戲院放映，總票房雖然不高，但以單一家影院的收入，是十分可觀的。重點是，幾乎沒有人會給任何負面評語，連一向尖刻的爛番茄評論，都給滿分。更重要的是，網路上充滿了對於這部紀錄片的溢美之詞。討論伊斯坦堡的街貓，成爲遠遠超過任何伊斯坦堡其他的話題。

KEDI 的預告上，有一句話：「狗，以爲人是上帝；貓，不這麼想。因爲，貓，比較了解人。」

想像如果從貓的觀點，千年來，牠們才是伊斯坦堡的「當家的」，因爲牠們穿越了

4 片名譯為《愛貓之城》。

所有的時代，包括羅馬帝國、拜占庭帝國、奧斯曼帝國，直到今天的土耳其共和國。牠們悠哉游哉地在伊斯坦堡的每一個角落裡，咖啡廳、土耳其茶館、港口的魚市場，打呵欠、伸懶腰、睡午覺；夜裡，牠們在奧斯曼帝國皇宮、藍色清眞寺裡昂首闊步。

聖索菲亞大教堂門口，走來一隻小小的黑貓，看到一個叫楊惠姍的觀光客，牠優雅又親密地走近，熱情地喵喵問候。牠的眼睛柔情又期待地看著楊惠姍，身體緊貼著楊惠姍的腳踝，輕輕地磨蹭。楊惠姍蹲在地上，撫摸著小黑貓，口中一直說：「你好漂亮……你好漂亮……。」

小黑貓沒有受到土耳其國家旅遊局的委託，但是牠的友善，牠的自在，展示了伊斯坦堡這個城市深處的某種眞情，一種友善。這樣的眞情，讓伊斯坦堡這國際知名的伊斯蘭教城市，因爲數以萬計的街貓，傳遞了一種善意，一種溫暖。

伊斯坦堡的街貓，甚至，在今天世界上普遍對伊斯蘭教汙名化之際，替伊斯坦堡帶來一個柔情的雄辯。

爲什麼伊斯坦堡有這麼多街貓？牠們早就是世界新聞的主題。《穆罕默德言行錄》，提到先知穆罕默德在祈禱之後，發現有隻貓睡在他的袍子的袖子上，爲了不要驚醒那隻熟睡的貓，先知割斷自己的袖子，讓貓繼續地睡著。

今天的伊斯坦堡，數以千計的社區，定時爲伊斯坦堡的街貓準備飲水和食物，伊斯坦堡的街貓，更是生活無憂無慮地漫步在這個城市的每一個角落。然而，伊斯坦堡的街貓，和生活在這個世界的「人」，帶來一些反思，這樣對待所謂「另一種生物」的寬宏、友愛，只能存在於伊斯坦堡的街貓？

對我而言，讓我
動力。它不僅僅
求奇特的熱情，
，多了一種價值
過自己想像，如
入我的生活，我的
在那樣想像
我

第二部

他心底的眼睛，

仍然看著他相信的生命……

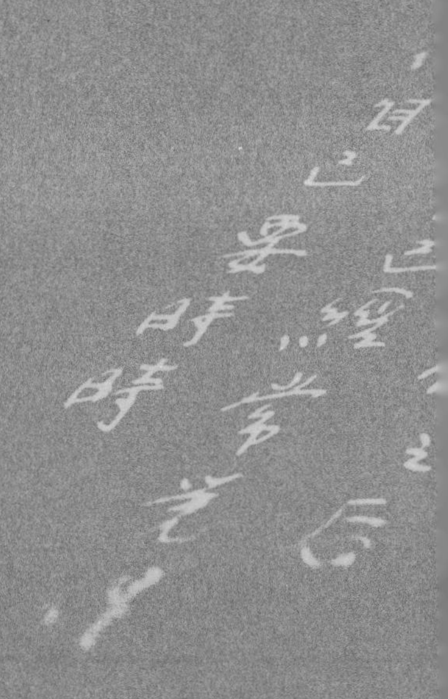

瑞蒙・錢德勒的陽光

我不是推理小說迷，是因爲海明威才看瑞蒙・錢德勒（Raymond T. Chandler）的。但是，看了之後欲罷不能。

基本上，我仍對曲折離奇的情節不感興趣，因爲我認爲那常是炫耀，所以不耐煩，錢德勒的東西讓人覺得不一樣。

《漫長的告別》是他的經典，如果從情節上看，仍有這類小說的「必要之惡」，死了一個人，爲什麼死的？誰幹的？最後，死的人又沒死。

這些招式當然十分娛樂。然而，錢德勒的不同是，這些江湖恩怨底下，是一個黑暗絕望的愛情。這個基本，讓每個讀者在穿越所有起伏之後，心裡的感觸，顯然嚴肅許多，深沉許多。這個特質，也許來自錢德勒一生不斷期許自己成為一個嚴肅文學家的特質，因此，無論情節如何起伏，他心底的眼睛，仍然看著他相信的生命。

菲力普·馬羅（Philip Marlowe），這個錢德勒虛構的人物，當然呈現了作家嚴謹的敘述觀點。馬羅是庶民文學的英雄，雖然，肉體上，他完全是弱者，天天挨揍，一直到最後仍然鼻青臉腫，但是，道德上，他從沒有屈服過。

雖然，馬羅不是哈姆雷特，錢德勒就不是費茲傑羅。然而，如《漫長的告別》裡反覆提到「這個敗德黝黯的世界」，馬羅不斷巨細靡遺地喝他每一杯酒，那樣的樂趣，其實是錢德勒心裡的陽光，也可以是我們的陽光。

文學的透明思考

《約翰．克里斯朶夫》，《三國演義》，海明威，《獵人日記》，《少年維特的煩惱》，陳映眞，《七俠五義》，《詩經》，芥川龍之介，《異鄉人》，《浮士德》，《基度山伯爵》，川端康成，《查泰萊夫人的情人》，《牡丹亭》，《地下室手記》，羅勃．佛斯特，《唐吉訶德》，魯迅，《憂國》，《戰爭與和平》，《金瓶梅》，郁達夫，《哈姆雷特》，《尤利西斯》，愛倫．坡，《射鵰英雄傳》，《徬徨少年時》，《白鯨記》，亨利．詹姆斯，《包法利夫人》，《查拉圖斯特拉如是說》，《移山倒海樊梨花》，傑克．倫敦，《北回歸線》，君特．葛拉斯，聶魯達，《老殘遊記》，「西塞山前白鷺飛，桃花流水鱖魚肥」。

文學對我，大致如此。

五歲的我由父親牽著手，在延平北路臺北橋附近的夜市，買下一本巴掌大的白描漫畫。不太識字的我，聽我完全不曾接觸過嚴肅文學的父親，講述黃天霸上「連環套．拜山」的故事：山寨寨主竇爾墩道：「黃英雄，你要能接受我三鏢，我就將鏢銀悉數奉還！」嗤！嗤！嗤！兩鏢，只見黃天霸左手右手，各接一鏢，嗤！這第三鏢卻已經到黃天霸眼前……你道如何是好？我抬著頭，屏息以待……只見黃天霸頭一甩，嘴一張，鋼牙一咬，活生生將第三鏢咬住！

文學對我，大致如此。

那些屏息，那些嘆息，那些靈魂冒險，是我一生最珍貴的部分。那些絢麗，那些恬靜，那些挫折，那些如焰的情欲，那些只有含住瓦斯管結束自己生命無以抗拒的絕望，是我一生最珍貴的部分。

文學對我，大致如此。

時報文學獎由琉璃工房設計[5]，對我而言，是五十年來自己浪蕩的文學經驗的透明思考，思緒裡如夏夜群蚊似的滿飛著各種映像，揮之不去。也許是自慚形穢，總覺得對不起某些靈魂裡的承諾。然而，更大的部分是，自己曾經如是的與有榮焉。

請知道我們誠意地戰戰兢兢全力以赴，也請諒解我們不在設計概念上言詮。

5　二〇〇〇年，琉璃工房為《中國時報》設計文學獎座，獎座的概念直接來自曾是一名小說家的張毅。

飛行的眼睛

深夜。
機上最後的電影都已播完。
從來沒有注意到，艙內可以如此安靜。
聽得見微微的鼾聲。

燈光盡黯。
新的機型，竟然連引擎聲都極低。
高度：一萬兩千尺。
微小的閱讀燈下，飛行地圖告訴你：
飛機正飛過巴格達上空。

高速飛行，卻只覺得優雅如飄浮，
滑翔，曾經是史丹利．庫比利克的
「2001 太空漫遊」的華爾滋。
耳機裡是，New Age 音樂。
沒有雲。窗口下方，萬里的黑夜。
密密閃爍如鑽的光，千千萬萬地聚成華美的人間。
原應是世界仇恨最密集的人間。

靜靜地，感動猛襲。
人對自然，原來如此脆弱，如此渺小。
突然懂得莊子，大鵬一飛九千里。
突然懂得方東美先生，曾經一再提起：
飛起來，飛到宇宙的上方，回頭再看人間。
要飛起來，要回頭再看人間。
因爲旅遊，因爲移動，因爲離開原來的座標，
人有了新的觀照，看見別人，看見新的自己。

有了一雙飛行的眼睛。

分享這些美好的經驗，
是紐約街頭的比薩，
是神戶異人館的咖啡，
是威尼斯 Harry's Bar 裡海明威的椅子。
因爲，飛行的眼睛，腳步可以珍惜，心可以溫柔，
每一寸走過的路，是新人生。

琉璃工房爲「華航旅遊文學獎」設計捐贈六座獎座。[6]紫色的琉璃獎座，就像一隻抽象化的、揚向天空的翅膀，有一種起飛的姿勢。命名「飛行的眼睛」，強調生命需要藉著旅行轉換視野，才不會在小格局的偏執裡自陷自礙，讓心有飛起來的感覺，觀點才會流暢自在。如果有一種超越的觀點，飛升起來，人應該可平靜而幸福，就要像在天空旅行般，有一雙「飛行的眼睛」，在遨遊中發現更大的人間。

6　一九九八年，張毅為琉璃工房設計製作「華航旅遊文學獎」寫下設計概念。

六百年崑曲，是誰家的鄉愁？

那一年，唐斯復老師因爲她耗盡心血籌劃的現代版《牡丹亭》，在臨出發到美國演出之際突然被迫停演，因此病倒。在病床前，看著彷彿身體突然蝕空了的唐老師，我是怎麼樣也想像不出那種爲了崑曲可以絕望至此的深情。

之後，在白先勇兄的推動下，青春版《牡丹亭》成爲崑曲的盛事。每每看著先勇兄笑呵呵地說：「累死了，累死了，不能再做了，不能再做了……」

當然，所有的人都知道，他是怎麼也不會停的。

看起來，崑曲，已經是兩岸文化的盛事了。

然而，那些奔波，那些身心交瘁，誰都清楚「推動」，「推動」，意味著「不推」，是不會動的。

臺上的燈一亮，鑼鼓一起，六百年的夢，一齣一齣的話說從頭。背後，是誰爲斯憔悴？

今天，上海崑劇團的《長生殿》，終於能在臺灣正式公演。這九年來，我親眼看著唐斯復老師一點一滴的籌備，從在文化部立項，爭取經費，編寫劇本，組織導演、美術、燈光，組織劇團，距離她參加製作的上海崑劇團版《牡丹亭》，已經是十三個年頭了。

一路陪伴著唐斯復老師走來，琉璃工房除了敬意之外，實在談不上什麼貢獻。然而，看著如唐斯復老師，白先勇先生那樣堅定不移的努力，在現實的人生價值裡，是找不到一般人可以理解的所謂「對價」，或者「動機」的。

那麼，所爲何來？

麥可・波特（Michael Porter）談到「文化」的定義，說文化是態度，價值觀和信仰。信仰，似乎是接近的詮釋。崑曲，和信仰崑曲的文化價值的推動，都毋庸置疑地是這個時代的「文化」。

做爲一項六百年的戲曲活動，從故事的主題意識，美學，它的「當代性」，當然充滿可以議論的空間。

然而，崑曲做爲戲曲文化，它有充分必要，這些必要存在於：崑曲曲牌形式在文學上的美麗價值，唱腔在音樂上的美麗價值，舞臺表演上的戲劇及舞蹈的美麗價值。而從崑曲《長生殿》而言，它同時也存在於唐明皇和楊玉環的史實價值，淸代作者洪昇一定程度詮釋了唐代白居易《長恨歌》的時代比較意義。

對於這些文化上的美麗價值，我們付出了多少學習？

有一天，偶然我在戲院看了崑曲《販馬記》，早上在飯桌上，和母親聊起來。母親突然說：「哦，《販馬記》？我在安慶唱過。」

我聽說過母親十三歲離家，跟著戲班子唱戲，但是，我從來不知道我跟崑曲這麼近。

突然想到：我們當然應該尊重當下一首流行音樂的曲名叫〈愛你愛到流鼻血〉；相對的，我們也不應該不知道三百年前有人用：「如今獨自雖無恙，問餘生有甚風光？」寫一個九百年前帝王的愛和悔恨。而那種生命裡欲望和悲苦的觀照和領悟，在時空裡，周而復始地發生，但是，少了一個「靜」，一切可能也是枉然。

如果，這是一種深刻的文化。那麼，崑曲，可能是如唐斯復老師，白先勇先生心底深處的一種文化的鄉愁了。

今天，要在臺灣上演的崑曲《長生殿》，以四天演出五十折的浩大形式，據說在清代曹雪芹家裡演出之後，作者洪昇看完戲，返家途中溺斃，三百年來，未曾演過。那麼，這三百年來的重新演出，彷彿又多了一層深沉的意義。

而上海崑劇團的蔡正仁先生，演出唐明皇，從蔡先生一生練就的絕活，以及人生閱歷，正如白先勇先生說：「你就是唐明皇！」那麼，這是長生殿演出的罕見機緣了。用年輕的話說：夢幻公演，百年不再。

二〇一〇年張毅爲全本《長生殿》在臺演出撰寫此文

油與石圍牆的故事

我和莊靈到苗栗去的目的地一樣，但是目的不一樣。他背著他的大小皮箱，裡面擱著他的照相機、鏡頭和底片，而我的心裡所有的景象卻早已經在那兒了。

晚上，我們到了苗栗，差不多九點半了，原來約好的中油公司的宋先生沒有來，留了話，說是已經安排好了汽車來接我們。

苗栗的中正路入夜之後，只剩下南來北往的公路夜行客——貨櫃車、卡車、私營巴士，呼嘯之下，顯得街上幾家茶行格外冷清。聽說，這裡的烏龍是不錯的。

莊靈是個平易近人的好記者，他能很快跟任何人寒暄得很熱絡。我們一上車，他就跟司機吳先生聊上了。

「這幾天特別忙吧？」

吳先生笑呵呵地說：「還好……還好……」

他的口音很難捉摸，但是語氣的興奮卻再明確也沒有了。

汽車出了苗栗直向東南。車盤很低，低得好像貼在地上的老舊 Premier，裡面卻很寬敞很舒服。在小計程車裡蹺了兩個鐘頭的腿一下子舒服了很多。

聊天的話題離不開「臺西一號」。

「實在是個喜事，喜事……」

吳先生仍然笑呵呵，出人意料地說：「啊……是國家的福氣啦，是國家的福氣啦。」

四月二十七日，報紙上報導了雲林縣四湖鄉海豐島的「臺西一號油井」鑽探成功，日產原油兩百大桶。

四月二十九日，經過試氣調整之後，油氣流量大增，日產原油達六百大桶，天然氣五萬立方公尺。

「臺西一號」這陣子早已成了萬衆矚目的名字。但是，對於探油鑿井這樣的事，我們總希望表現出一種熟悉的淡漠，就像有人誇你的一個熟朋友多麼了不起，你心裡縱然高興，表面上卻似乎應該很謙虛，好像人家誇的就是你自己似的。

自然，我和莊靈跟那些畢生以油勘爲業的工作者比起來，實在是外行又外行了。

夜裡，我們住在開礦村的中油招待所裡。

一進招待所，立刻就能感覺原來一定是榻榻米式的日本房子格局，所有房間雖然都已經改成床鋪了，但是長長的走廊和走廊外的活動門扇，仍然留著日本味道。走在廊上，外面郁郁地傳進來一股桂香，遠處的二氧化碳新廠高高地亮著兩盞照明燈，金屬的處理塔聳在山坡上閃閃發光。

山裡的夜，也許是靜的緣故，格外有些冷。山坡下面的溪水嘩啦嘩啦的，仔細地聞，可以聞見一股冰涼而潮濕的水氣，裡面混著桂花和淡淡的彷彿鐵鏽似的氣味，隨時提醒你在什麼地方。

招待所裡，不論是誰，連歐巴桑都管二氧化碳叫「CO_2廠」，很內行，很尊嚴的。

我們要洗澡的話，一定得穿過十來間空無人住的房間，一路上只聽見自己的拖鞋聲音。到了洗澡間裡，打開窗子，後龍溪就在下面，聽著溪水淙淙錚錚的聲音，突然會覺得自己變得很乾淨很乾淨了。

和莊靈一直聊到很晚才睡。

從他又舊又老、烤漆斑斑駁駁的相機談起，談到河南的古董，談一個商朝婦人在最近出土之後發現胃裡還有飯粒。最後才談到出礦坑、石圍牆、邱荀、吳琳芳和「油」。

歷史，是很偉大的字眼，很動人的東西，我們常常忽略了它的實質意義，忘了它是可以親近的，可以觸摸的。因此，有時候一鱗半爪的都會震得人惶惶然。

好像——小魚從水溝裡游進了大海洋。

也許，應該從「臺灣第一口油井」說起。

民國六十五年三月，美國明尼蘇達州聖保羅市翰林大學（Hamlin University）的前任校長保羅・H・吉登斯（Dr. Paul H. Giddens）致函有關單位，要求出具證明，以供他向國際基金會申請補助來華研究臺灣石油鑽採的起源及發展。

這件事，後來因爲國際基金會不再對私人研究計畫補助，而沒有能夠實現。

但是，吉登斯提出了另一項建議，他希望在今年（一九七八年）於苗栗後龍地方，爲兩位美籍油井技師簡時（A. P. Karns）和洛克（R. D. Locke）開鑿的臺灣第一口油井，樹立百年紀念碑。

百年紀念，那就是一八七八年，民國前三十四年，清光緒四年。

如果這件事屬實，那麼它比光緒三十二年的陝西延長油井早了二十八年，比光緒二十四年的四川富順油井早了二十年，它不但是「臺灣第一口油井」，它是「中國第一口爲油而鑿的油井」。（《本草綱目》記載，明代就有四川鹽井鑿出油了。）

十二月，《聯合報》、《新生報》都對這件事有一點報導，都引了中油方面的消息資料：臺灣第一口油井，是在清咸豐十一年（一八六一年）由淡水廳通事邱苟所開，比兩個美國人開的油井又早了十六年。位置就在今天的開礦村出礦坑礦場。

清咸豐十一年，距今一百一十七年。

距離美國人號稱「世界第一口油井」的「特瑞克油井」（Drake Well, Titusville, Pa.）開採成功的一八五九年（咸豐九年），只晚了兩年。

那麼，這口「臺灣第一口油井」在哪裡？

邱苟是誰？石油是他頭一個發現的？當時他開了一口什麼樣的油井？而在那個產業革命初興、中國在鴉片毒害下奄奄一息的年代裡，石油算是個什麼樣的角色？當時的人對石油這玩意怎麼看法？對鑿井開油這件事又怎麼認爲？

頭一次來的時候，是由中油探勘總處的宋先生陪著，先看了出礦坑。宋先生指著開礦村入口的吊橋說：「第一口井，大概就在那附近罷。」

一片坍塌的土坡上，蔓草掩徑。

回來之後，總覺得納悶。什麼什麼呀？

翻一些文獻，查一點資料，大概就從這時候開始。

清《淡水廳誌》卷十二：「磺油出貓裏溪頭內山。油浮水面，其味臭，每日申、酉二時方可撈取，煎煉之，為用甚廣。有番割邱苟者，勾引生番殺人，犯案累累，據此溪為己有。同治三年初，贌與吳姓，每年百餘元，四年，改贌寶順洋行，每年千餘元，遂至互控，吳姓復糾衆與寶順爭，幾釀巨案。邱苟屢奴未獲，同治九年二月，差役購奴到案，一訊具伏，詳情委員覆訊，就地正法，此地照舊封禁。」（標點符號根據《臺灣文獻叢刊》的《苗栗縣志》卷五〈物產考磺案〉附。）

另外，連雅堂先生的《臺灣通史》〈権賣志〉，也有大同小異的記載。所不同的是，《通史》裡提到：「及沈葆楨巡臺，聞其事，光緒四年聘美國工師二人，勘驗，以後龍油脈最旺，乃購機器取之，其始多鹽水，掘至百數十丈，達油脈，滾滾而出，日得十五擔，久之工師與有司不洽，竟辭去，遂廢。光緒十三年巡撫劉銘傳乃設煤油局，委棟軍統領林朝棟兼辦，而出產未多，入不敷出，十七年巡撫邵友濂撤之。」

礦油，自然是石油了。有些地方也作「地油」，至於民間俗稱就更多了，黑油、礦油、番仔油、火油（有些地方，火油只指點燈用的豆油，也有的泛指一切可以點火的油）。

貓裏，即今天的苗栗。貓裏溪，即後龍溪，在後龍地方出海，但是離後龍還有一段距離。這也許就是吉登斯誤認爲油井開在後龍的原因了。

寶順洋行（Dodd & Co.），英國人 John Dodd 於一八六四年在淡水創設的洋行。John Dodd 的譯名很多，有約翰多卓、蔣道濤、蔣道道等等不一，主要因爲他在北淡一帶是個名人。一八六五年他在臺灣調查茶葉，翌年試買粗茶，爲了增加生產，從安溪運來苗木，貸款給農人，獎勵栽培。一八六七年，向澳門輸出，大受歡迎。於是在艋舺設茶館，試行精製粗茶，是臺灣茶葉精製的濫觴。一八六九年以臺灣烏龍茶兩千一百三十一擔直輸紐約，以「Formosan Tea」爲名暢銷一時。

像他這樣的洋人，對臺灣的石油當然是非常非常的「關心」，因此後來一再看見他的名字跟洋行的名字，出現在和石油相關的文字裡，就一點也不奇怪了。

然而，無論如何，有一件事大概錯不了。

臺灣第一口油井的開鑿人邱苟，是個犯案累累最後給就地正法了的番割。中油公司探勘總處出版的《臺灣石油探勘紀要》，對這件事有比較戲劇性的描寫：

「咸豐初年，苗栗購於臺灣省北路淡水廳所管轄（廳址設在今新竹市中央里一帶）。該廳任用一廣東人名叫邱苟的，擔任通事，專司翻譯之職。可是這邱通事，驕縱倔強，器量窄狹，爲了一點私人恩怨，竟暗地勾引生番殺人，而後逃離出礦坑深山中，隱避地來。淡水廳畫影圖形，張貼榜文，懸賞緝拿，終未緝獲。直至民國前五十一年（咸豐十一年）邱苟靜極思動，有一天從山中散步出來，漫步走到出礦坑牛鬥口（卽今出磺礦場吊橋附近），見後龍溪的水面上浮有油質，初不知其爲何物，以火試引，居然燃燒起來，始知可作燃料，心想如取而售之，當有厚利。於是就在原處以人工開掘油井一口，深約三公尺，最初日可得石油四十多臺斤，供燈火及醫藥之用。時隔四年，亦卽民國前四十八年（同治三年），邱苟把零售石油，改爲整批交易，把石油權利租給一吳某，年收租金百餘兩。但是，不到一年，邱苟見利忘義，復改租英商設在苗栗的寶順洋行，經理人名叫多得（John Dodd）每年租金一千兩。因此吳某與寶順洋行為爭賣油權，竟至聚眾械鬥，幾釀命案。這場中英商人爭利械鬥案，為淡水廳所悉，遂派清將洛文祥（筆者按：洛文祥，疑即樂文祥之誤。《苗栗縣志》卷十四，武職列傳有樂文祥，曾任淡水廳游擊）率兵鎮守山區，出面調解，才平息了這場糾紛。石油的開採，亦因此被清朝官吏加以禁止。邱苟屢拿未獲，在民國前四十二年（同治九年），才被逮捕，並就地正法。」

「深約三公尺」，就出油了，呵呵，實在是很有前途的事業呀！但是，這個「吳姓」、「吳某」到底是何許人？

早上醒來，穿過靜悄悄的長廊去洗臉，只覺得水冷如冰，涼透心肺，精神為之大振。推開招待所的門，驟然讓四周盛開了的杜鵑花嚇了一跳，昨天晚上來的時候，好像全沒看見。晨間的露水滲透土壤之後，散發出很重很結實的土氣，人聞了，自然而然的就變得很恬靜、很深沉了。

和莊靈走下山坡，一轉上路口，竟突然看見路邊立了一個好像是鋁製的紀念碑，高聳的尖塔型，上面寫了「出礦坑第一號井紀念碑」。

「這是什麼？」問了中油公司的羅先生，只知這是「第一號井」的舊井位，至於是邱苟的第一口井？還是簡時、洛克的第一口井？沒有人確定。莊靈冒險爬上路邊的護岸，想拍一個全景，發現實在很難，它的位置和四周空間都不容易取一個理想的角度。

紀念碑上一點說明文字也沒有。看了實在遺憾。

後龍溪一有大雨就改道，我們在溪床上走著，只見到處都是封閉了的井口。鐵鏽斑駁的管上只留下一個號碼。我跟莊靈聊著石油人的工作。莊靈成天東奔西跑，接觸過各式各樣的人，他也同意石油探勘工作的辛苦。

從事任何工作的人，都冀望自己有成就感，雖然這裡面一點個人利益都沒有，但他仍需要那種努力工作，精心研究判斷，事情成功了之後的驕傲和滿足。鑿井開油這件事，沒有這麼稱心如意的一面。它的不確定程度，使得它成爲人向自然挑戰中最具代表性的一項工作。而這些一個個的號碼，就是光榮的成功標誌。

溪水滾滾的西流，乾涸的河床上有人種了一大片一大片的鵝菜，神氣而挺直的立著，竟然好像什麼觀賞植物似的。銀合歡開著小小的白花，地上蜿蜒著藍色和紫色的牽牛花。溪的對岸有孩子用竹竿釣魚，翠鳥就從溪面上掠過去，停在遠處的岩石上。遠處山間，油井架高高聳立著。

「總要拍一張油花吧？」莊靈一面替他的六乘七大型相機上片子，一面說著。

油花。

油花有兩種說法：有一種是指石油露頭的油痕。有一種則比較玄了，指的是一種小白花，據說只生長在有石油蘊藏的地方。

後面這種傳說，在美國早期的油井工人之間很流行的，簡時和洛克來到臺灣，不知道有沒有找到過？但是，他們來的時候，有一件事卻跟油花有關——這裡當然指前一種油花了——那就是，他們住在石圍牆這個庄落裡，而石圍牆的開庄墾主吳琳芳，就是有史記載的臺灣第一個發現油花的人。

根據《臺灣石油探勘紀要》上提到：「清朝嘉慶二十二年（民國前九十五年），苗栗出礦坑附近，有居民吳琳芳者，在那裡墾荒耕作，他沿著後龍溪畔逡巡，尋找可以開墾的土地時，無意間看到溪邊石隙中，有油跡滲出，溪水上飄浮著一層油花，引為奇蹟。並且他為好奇心所驅使，想循著溪流向上游探索，以便追溯其油源所自，可是當時的出礦坑，還是一個原始地帶，荊棘縱橫，古木陰森，行進艱難；又有毒蛇瘴癘的威脅，山地生番嗜殺成性，吳某也就知難而退了……」

吳某？這個吳某和那個與寶順洋行爭油的吳某是不是一個人？

我只在省文獻委員會編的《苗栗志》卷四〈經濟志礦產篇〉裡看到一個有趣的說法：「……邱苟氏採油獲利甚多，先與發現人吳琳芳之後人發生爭執，繼又與寶順洋行因租金事而起糾紛……」至於這個說法所本為何？沒有說明。

但是，不管怎麼樣，我們對於臺灣早在清代嘉慶年間業已開始的石油探勘，慢慢有了一點輪廓。

吳琳芳這個人，在苗栗撫番墾地歷史上很有點名氣，《苗栗縣志》卷十六，〈志餘〉的「紀人」裡記載：「吳琳芳，監生，乾隆年間，由內地渡臺，居捒冬之社口，其忠信，為土番所見重；墾闢樟樹林等處而家焉。續又以長厚聞於官，論墾石圍牆等處，鄉里敬愛。為人排難解紛，不數年虧空數千金，怡如也。沒年七十二；會葬者士農工賈不下數千人，至今猶有傳述者。」

看起來似乎是很不錯的一個人嘛？

為了更了解石圍牆這個地方，我請中油公司的庶務科長張智領著我去過三次。

離出礦坑很近，吉普車一進村口，就看見大牌子寫著：「石牆村社區」。很靜很靜的一個小村落，到處都是菜園、水芋田，稻子長得結實得很。家家戶戶都正掛著堂號：「河南堂」、「隴西堂」、「渤海堂」，再簡單、再矮舊的人家，也工整地正楷大字高掛在大門上，全庄沒有一家例外。那是世世代代的血液緣自中原的驕傲啊！

就在這裡遇見了陳北開先生，他的哥哥陳漢初先生已經過世了，但是談起陳漢初先生手寫的《石圍牆越蹟通鑑》在苗栗公館一帶，可以說無人不知了。承張智先生的協助，我有了一份《石圍牆越蹟通鑑》的影印本。

撇開書裡對吳琳芳和石油的記載，《石圍牆越蹟通鑑》本身就是件令人感動的事。老先生大概是個典型的鄉村文人吧？他親手用毛筆一字一字寫在粗棉紙上，紙張如今都已經老舊泛黃了，然而墨色卻黑亮如初。它既非官修的地方誌，也不是什麼論說著作，而只是爲了記錄一些本鄉本土的風物人情。

還有比這更鄉土的文字嗎？

他在書裡的自序第一句就提到：「文字爲史記之綱，史記爲人類之發達……」這可是一等的氣魄、一等的胸襟呀！老先生的文字固然不及司馬遷，但是他硬是用史記的類似格式，替這個人口最多的時候都沒有超過一千人的庄落寫了一部「通鑑」！

我願意詳細的介紹書裡二十三章的綱目：

第一章　臺灣的略歷：內容從太古洪荒記起，一直到秦始皇遣徐福出海求仙，隋虎賁陳陵略澎湖入臺灣。

第二章　原始時代：詳細敘述中原大陸和臺灣在地質上的關係，一直寫到山地同胞來源，嘉靖林道乾入臺開墾。這裡他甚至把漢人和山地同胞之隙，解釋成「漢人虐蕃，蕃人仇視漢人」。

第三章　石牆築造之起源

第四章　地勢

第五章　交通

第六章　氣候

第七章　境界

第八章　行政區域

第九章　地方發達：下分一、產業，二、人口，三、文化，四、衛生

第十章　人情風俗

第十一章　保甲制度

第十二章　納稅制度

第十三章　水害

第十四章　土匪跋躍
第十五章　粵閩鬩牆
第十六章　蕃害
第十七章　日本來臺五十年之光景
第十八章　油礦與英美人來往
第十九章　列傳：下分墾主（就是吳琳芳）、孝子、烈婦、義僕、節婦、力士
第二十章　傳說
第二十一章　古蹟
第二十二章　大震災石圍牆遭難記、大震災殉難碑文、開闢紀念碑文
第二十三章　合約抄本

「以前這一帶到出礦坑全是生番界，還出草殺人呢。」陳北開先生跟我和莊靈說。

泰雅族吧？今天已經是泰安鄉、卓蘭了。

莊靈的六七相機的快門，聲音又大又響，總覺得這麼大的震動彷彿要把鏡底的影像

一下打斷似的。

「石圍牆就因爲這些石頭圍牆才叫這個名字？」

陳北開先生點點頭，他帶著我們在村子裡前前後後的轉著，村裡家家種著青棗，去年豐收，一戶收入二十多萬哩。

「現在只剩這兩段了，原來還要高，有一丈多高，把整個村子圍起來。」

「爲什麼只剩這兩段？這不是撫墾史上很有意義的古蹟嗎？」這個問題問得笨。

陳北開先生笑著說：「拆了蓋房子呀。」

一尺大小的海礁石砌成一個十來丈見方的石城，裡面一道，外面一道，中間滿植刺如鋼針的刺盤樹，外面還遍植莿竹。那些自乾隆海禁解除之後，大舉從廣東移居臺灣的客家人，就在這裡一面冒著讓山裡人削去頭顱的危險，開墾他們自己的家園。

這是怎麼樣的一番景象呢？

「簡時和洛克來臺灣開油的時候，就住在這裡。」陳北開指著石圍牆關帝廟說。

這件事，在《石圍牆越蹟通鑑》裡有一點記載：「……當英美人在此之際，出礦坑仍驚恐生蕃殺害，宿舍設於福基，然英美人畏河東輕薄（按：這是什麼意思？無非是怕丟了腦袋的藉口罷了），不喜其居，要遷於石圍牆方適合其意……」

另外，還有一件小小的「妨害風化案」：「……（洋人）每要入浴，在房間卽卸下衣服，裸體通過（關帝）廟內，瀆穢聖神。庄人每欲逐他遠走，但官廳聘請來者，不敢亂爲，只得忍辱。」

但是這兩個賓夕法尼亞人到底在出礦坑有些什麼工作成績？

大衛遜（Jamse W. Davidson）寫的《臺灣誌》（*The Island of Formosa Past and Present*）記載：「兩工程師於山麓選地建立櫓臺，用七寸半的鑽頭鑽進，剛開始就因爲冒鹽水而有些困難，鑽進一百尺之後，水更多，但是總能克服，三百八十尺的時候，已經有水中含油的跡象，繼續鑽進，井壁泥土崩壞，阻礙很大，最後，經過一個多月的努力鑽至三百九十四尺，停止鑽進，裝置揚水套管汲油，每日可得十五擔（一九〇磅）。但是，因爲仍不滿意，就撤了套管，重新鑿了一口新井……」

第二口井後來失敗了。但是且讓我們看看當時人對這件事的看法。苗栗有個文人叫吳子光的，住在樟樹林庄雙峰山，寫過一本書叫《一肚皮集》。他的文章後來由臺灣銀行經濟研究室收成《臺灣紀事》，在裡面他記載了一些開油的情形和當時人的看法：「其法，就該鑿一井，徑僅尺許；鑄鐵管如烟囪，每條長丈餘，逐層銜接；用鐵錐重可千斤，旁以木架、繩索爲轆轤轉之。令錐下擊，所遇粗沙大石，俱碎成泥，眞巧思也。（按：這就是我們今天所謂的「頓鑽法」。）其井深數十丈，油日所出數百斤。未幾，井底鐵管被敲擊逼切，氣閉塞不復通一竅；水齧石，鐵錐中斷，萬夫拔之莫能起。夷人目眙氣結，口噤吶不能出一聲而休焉。後遂無敢問津者。吳子曰：是役也，甫施功，鄉愚皆知其妄；卽爲之，亦必試可乃已，於軍需始有裨益。不知者視作大工役，如時文家小題大做法。（按：這就是中國百年來科技落後的癥結吧？）」

在這種看法之下，任何事都成不了大氣候。

比較一下吳琳芳發現油花、邱苟掘井開油，一直到洋技師來臺，和美國的石油開發年代，實在相去無幾，連早期的石油使用——燃燈、醫療都一樣，在吉登斯寫的一本《早期的油》（*Early Days of Oil: A Pictorial History of the Beginnings of the Industry in Pennsylvania*）裡面記載，有個叫山姆．M．克爾的人，在一八四九年左右，靠著「石油，萬靈仙丹」——主治風濕、頭痛——外用內服俱可，大發利市。這和我們有什麼差別？但是，一八五〇年，草藥郎中山姆．克爾就發明石油蒸餾精製法。一八六五年，油管輸油法大行於美國。一八六七年，洛克費勒時代就開始了。

和莊靈離開石圍牆的時候，天突然亮著大太陽下起雨來了，一路棗樹在雨裡清綠無比。我們一直沒有講話，我突然想起出礦坑的那個第一口井紀念碑，上面竟然一點說明也沒有，難道說就因爲這中間沒有一件顯赫的成功事例而不值一記嗎？

林安泰古厝都拆了。臺北的承恩門（北門）面目全非之後，還有高速公路擠得無地自容似的。何況，「第一口油井」和「石圍牆」？一百年前寫這麼一篇東西，大概輕鬆愉快，今天寫起來卻已經支離破碎，吃力非常，然而依稀間，總還捉摸了些影子。再過一百年後呢？

但是，我和莊靈總記得，當我們頭一次面對那道石圍牆的激動，而且，透過那種感覺，生成了一種信心，那「第一口油井」，是先民挖在我們的心底，而至今汩汩不絕啊！[7]

7 張毅以「第一口油井」和「石圍牆」為靈感，寫成小說《源》，一九七八年於《新生報》連載，獲得極大迴響，隨後中影拍成電影，於一九八〇年獲第二十六屆亞洲影展最佳編劇獎。

我爲什麼看韓國電影？

我看韓國電影最後的記憶，是「紅巾特攻隊」，那是一九六四年的事。再一次接觸韓國電影，已經是「生死諜變」了，是一九九九年了。

三十多年，再看韓國電影的變化，心裡是有些不舒服的。爲什麼？自己曾經是個電影工作者，長久的印象，亞洲電影裡，總以爲能夠和華語電影一較長短的，只有日本電影，什麼時候冒出韓國電影？

以「生死諜變」的例子，影像的風格成熟，已經是非常「好萊塢」水平了。意味著：三十年來，從產業的標準來看，韓國電影的總體環境，有充分而足夠的機會，讓編導、美術、攝影、燈光，從不斷的練習之中，成長茁壯。

客觀地說：這樣的成長，是近代亞洲電影罕見實力。

我開始持續看韓國電影，每星期保持三至四部。林權澤、朴贊郁、金基德、崔岷植，對這些名字我有了比較完整的印象。

然而，近代韓國電影崛起，是個很大的題目，因爲，這個題目，其實可以深入韓國近代史的發展，甚至應該更完整地了解這個民族的歷史文化背景，以及當代韓國的國家策略。

我比較有興趣的是：在近代韓國電影裡的倫理觀念。我認爲那是華人電影，或者說，主管華人電影的單位，甚至華人社會，應該重視的。

我用「倫理」這兩個字，對於我自己，有很深刻的意義。因爲自己年少的時候不懂事，對很多人間現象，一知半解，常常覺得憤怒是理直氣壯的。然而，年歲漸長，你發現憤怒只是一個對問題的不滿，終究，我們必須說出爲什麼會發生問題？提出你的答案。

我深信「倫理」這個詞，是攸關國家民族的發展核心。韓國電影裡的倫理觀念，不只是一種娛樂的現象，而是這個民族的文化反映。

爲什麼電影這樣一個表面看起來是娛樂的產業，竟然在韓國電影裡能夠涵蘊「倫理」這麼饒有社會教育意義的跡象？是一種有意識的國家政策引導？還是集體社會意識的呈現？

這是韓國社會學學者的研究題目。我只想從自己是個文學愛好者，又是個電影工作者的角度，提出一些我的觀察。先說幾個韓國電影裡的普遍現象。

韓國電影裡，大量出現的對白，是對於年齡長幼的討論，很多的情節，兩個人如下的對話：「你小子看起來比我年輕，爲什麼不用敬語？」

這種年紀長幼之分、敬語使用與否的討論，表面看起來，成爲電影裡情節，運用在男女情侶打情罵俏、黑道兄弟的對話；但是，這樣的情節高頻率地出現在電影裡，充分表現了各種層面的社會民情，對於長幼有序的倫理規範的普遍認知。

類似的現象，還有餐飲的場景。

吃飯，是韓國電影運用頻繁的情景。有些家庭電影，飯桌吃飯，多達整部電影三分之二。吃的食物，幾乎全是傳統韓國食物：炸醬麵、泡麵，極少出現西方飲食。男女談情說愛，到了甜蜜處，兩人坐在地板上，擠在一張小桌，吃一碗炸醬麵，吃得兩人黑嘴黑牙，常是韓式電影的甜蜜。

但是，我認爲最有趣的是：喝酒對飲的禮儀。

在韓國電影中，只要喝酒對飲，必然強調長幼之序，晚輩必然側身遮掩飲酒的方式，姑且不論這和儒家文化裡的「避席」是不是有直接關係，都表達了韓國社會現況，仍然對於傳統文化的倫理觀念普遍的尊重和傳承。

如果你大量看韓國電影，會發現另一個現象也跟倫理概念的推廣有關，那就是世代的參與，也就是說，你發現韓國電影頻繁出現好幾代的情節。童星之多，少年演員之多，已是奇觀，電影情節以銀髮族爲主的也不勝枚舉。這樣的「多世代」電影，是不是韓國當代社會現象？這不是我們的主題。然而，它展示一種對於世代交替的社會倫理觀念的重視，同時，高密度給與不同世代在電影表演的參與和培育空間。

如果，我們把韓國電視也包涵在討論範圍，那麼韓國影視的倫理意識的傳播規範，就更加清晰。從我們最熟悉的「大長今」開始，很少有哪個國家的電影電視裡，有那麼多和傳統文化相關的題材，泡菜、韓服、命理、傳統歌謠等等，悉數竭盡所能地讓它們走進電影電視戲劇素材之中。這些現象，讓我們完全相信，韓國影視的最高管理當局，是有意識地鼓勵推動這些類型的拍攝和發行。

把傳統文化素材，以影視娛樂模式傳播自己的國家社會，也把這些影視節目對全世界輸出，可能是韓國影視的重要任務。創造「軟實力」這個名詞的美國人約瑟夫・奈伊（Joseph Nye）說：「韓國是以國家力量，全力在國際打造韓國是一個值得被愛被尊敬的形象。」

這個說法，如果從倫理觀念傳播的角度去詮釋，說不定凸顯了另外一個問題，那就是，喜歡看韓國電影的人，尤其是非韓國人，內心深處，根本是嚮往著那樣一個推崇倫理的人間的。

我，不否認，我就是。

我看到崔岷植主演的「當春天來臨」，嚴格說，大部分情節並沒有特別印象；但是，對於描繪這樣一個孤僻的藝術家，卻反覆著墨在他和母親那樣無言卻深濃的情感，是頗令人動容的。其中，我反覆跟很多朋友引述的一個情節：

一對二十來歲的小情侶，在街邊吵架，正吵得不可開交之際，一位鄰居老太太從身後經過，小情侶兩人立即停止爭吵，回身向老太太鞠躬問候，說：「您好。」而且，目視恭送老太太遠去之後，兩人回身，繼續他們的吵架。

這是我嘆爲觀止的韓國電影。這也是我繼續關心韓國電影的重要樂趣。因爲，做爲一個中國人，我不是阿Q，我實在沒有心情說些什麼「禮失求諸於野」的話。

我只是繼續地看韓國電影。

對我而言，讀我
魅力。它不僅僅
張奇特的熱情
，多了一種價值
這個自己想像，如
入我的生活，我的
在那樣想
我

第三部

這樣淡淡的若有似無，
承荷了一切，也放下了一切

另一個角度看佛教，以及佛教藝術

我的父母都是基督教徒；我從小跟著上教堂，印象裡，有些想法，一直很困擾：耶穌看起來，是外國人，他聽得懂中國話嗎？

轉眼，我已經二十歲，有一點人生經驗，當然，也有更多的生命困擾；恐懼，疑惑，種種糾結，沒有解答。要問什麼人生經驗？我有很嚴重的高血壓，二十歲的年紀，就學到什麼叫「死」，倒是迫切而眞實的經驗。

因爲喜歡看閒書，漸漸知道「閒書」，可以是「文學」。

「人生」，「生命」，開始有了新的意義，文學的學習，帶給我最深刻的一課是：

自省。

因爲相信「自省」，疑惑愈來愈多，自己會死去的恐懼，也愈來愈重。也就理所當然地接觸了《阿彌陀經》，和《普門品》。這些佛經，在臺灣到處都是，走在街上，一家素食店門口，可以堆積如山，任人拿取。

爲什麼拿來讀？理由很簡單，怕死。而你走到哪，都聽說佛陀菩薩可以庇佑。看過之後，坦白說：二十歲的年紀，一邊讀著杜斯妥也夫斯基、尼采，沒有辦法接受這樣想當然的充滿神通的文字。

佛經裡，爲什麼這麼多神通？

這個「隔」，多年來，一直是我對於佛經的障礙。就如基督教的《聖經》一樣，像諾亞方舟那樣的情節，做爲文學作品讀之可也。

生命，仍然向前走，生命信仰，一直只有「自省」。也因爲自省，更覺智慧不足，困擾糾結，處處都是。

再一次思考佛學的問題，是因爲方東美先生的《中國大乘佛學》。方先生提及一個觀念，佛漢傳之初，弘法的沙門，是接觸不到士大夫，知識分子，只能接觸一般老百姓，爲了打動這個基層社會，不得不帶一定的神通。

突然有所警悟：那個從榮華富貴裡出走的悉達多的智慧，豈只是講神通的？弘法之初，太形而上，太精神層面的訴求的教義，怕是極難打動勞苦大衆的吧？或許，「方便法門」，就是一個解決之道。

兩千多年都過去了，生命裡，哪些是日換星移，今非昔比？哪些又是千古不變的？從生命的邏輯面，我開始重新了解佛教。

諸行無常，一切本苦，是第一個核心觀念。

「苦」？翻開報紙，每一件事，都告訴你「苦」的不同面貌。深夜捫心自問；又是無盡的「苦」的自省面相。如何袪苦得樂？成爲佛教當代意義最清晰的重點。西方的近代佛教弘法語言，顯得更直接更切身；他們問的問題是：「我們爲什麼不快樂？如何讓我快樂？」

從爲什麼不快樂？如何快樂？

當代西方佛學團體，從社會學、從心理學，甚至從神學的角度，分析著我們不快樂的原因。這種不快樂，形成今天的健康問題、暴力問題、個人的不安、世界的不安……諸多不安的形式，複雜而多樣。當所有的不安逐一地展開條列之後，再逐一地分析歸納分類，其實，不外乎生老病死、貪嗔痴慢疑、怨憎會、愛別離、求不得、五陰熾盛……

兩千多年前，佛教對於生之苦的探索認知，和二十世紀對生命不安的分析歸納，沒有差別。

知道「苦」的緣由，那麼，如何袪除「苦」？

從佛教教義，有各種答案，四聖諦：苦集滅道，是第一個。然而，精簡典雅的文言文的表述，似乎讓現代人頗難理解。我認爲的第二個答案：

無我。

闡述「無我」這個概念，最清楚的，當然是《金剛經》，和《心經》。

菩薩於法，應無所住，行於布施，所謂不住色布施，不住聲香味觸法布施。

須菩提，若菩薩有我相，人相，眾生相，壽者相，即非菩薩。

任何痛苦和不安，因爲「我」，只要執住在「我」這個「相」，一切由此而生。放下「我」之後，東南西北上下虛空，無所罣礙。

那麼，布施，是慈悲和智慧的學習。無我的修持，是滅除貪嗔痴慢疑等等生命毒苦的修持。

如果，這是個佛教教義的邏輯思維，佛教，是一個適應任何世代的「人」的生命科學。因爲，佛教教義中，所謂「佛陀」，是「覺醒之人」，並不僅僅指那位悉達多的智者，而是泛指任何覺醒之人；包括你我。

更重要的是：佛陀在入涅槃之前，教示比丘衆「依法不依人」，他沒有企圖把自己神化成一個超凡入聖的偶像。

然而，覺醒之路，何其遙遠，何其艱難。慈悲和智慧的修持，除了知道，還要做到。如果從不二之心，寬容著眼，一切方便法門，即使談神通，說感應，又何必區別？無我無相，豈是一蹴可幾？

琉璃工房的佛教藝術，就如同所有宗教藝術一樣，對於楊惠姍而言，對琉璃工房而言：是「我」觀想慈悲和智慧的一種方便法門。

透過各種型式的造像，其實是對於生命不安的自我療癒，因爲專注，因爲反覆的揣摩，甚至因爲鑄造琉璃佛像創作過程的挫折，已經使創作者心靈獲益良多。因此，二十八年來，持續不輟；然而，更大的期待，自然是：那些對於慈悲和智慧的感動，是不是也能分享給觀者一二？

曾經在烈日之下，觀察聖彼得大教堂前漫漫長龍的面孔，他們平靜地等候三、四小時，只爲了進入大堂觀賞米開朗基羅的受難像。那是宗教，還是藝術？對於任何凡人來說，聖母瑪麗亞望著受難後平靜的耶穌，那麼悲憫的表情，是永恆的精神力量。

宗教藝術，藝術自身是一種宗教。我們逐漸如此相信。

眉宇之間的光——我看北齊佛立像

請您一定要站到對的角度，找到對的光。看定那一張面孔，然後，請跟我來。

攝氏三十六度，中國西安的午後，灰土蒙覆。城市每一寸空間，燠熱緊緊搗照著燈光昏暗的小書店。印刷簡陋的書背，熟習的名字：弘一法師年譜。劣質的紙和印刷，閱讀吃力；熱浪襲來，神智昏沉；人群的汗味濃重，提醒：是人間紅塵。

弘一法師臨終遺囑：如果已停止說話，呼吸短促，或神志昏迷，請予助念，先誦《普賢行願品》乃至「所有十方世界中」，再唱《回向偈》：「願生西方淨土中」，乃至「普利一切諸含識」。遺囑上寫道：「當此誦經之際，若見余眼中流淚，此乃『悲歡交集』所感，非是他故，不可誤會。」

普利一切諸含識。

把我身上蒙受一切好的，轉給眾生。那樣灰塵四處的小小書店裡，標價人民幣兩元五角的小書裡，酷暑難熬的人間，我們怎麼體悟你的悲喜？

遺囑交代：「不必穿好衣服，只穿舊短褲，以遮下根卽已。」又交代：「未裝龕時，請在四角放小碗水，以免氣味引來螞蟻。」又交代：「裝龕時，亦記得四碗水，且要不時檢視，以免水乾去，又引來螞蟻，致焚化時害及螞蟻。」

寬恕我們在心中悸動之餘，卻怎麼也不能明白是什麼樣的義理領悟，可以如此亦悲亦喜地面對生死？

站定，請您抬頭看定。

應該是一千四百年前的同一種領悟，站對了角度，找對了光，悲喜交集，淡淡地沉進那張面孔裡。而我們可以後退，不看近日來全中國文物界對山東青州佛像的重視，不理會那全世界拍賣目錄上狂熱矚目的數字。如果義理千百年道不盡，不如就看那眉宇之間沉潛的光。

佛像的成就，在義理的探索和追求上，絕不亞於任何一部「經論」或「經疏」。敦煌研究院史葦湘先生曾經如是說。

那麼，就讓我們直觀，不需任何言敍。

一九九七年臺北故宮「雕塑別藏」展品專文

擁抱深沉的淡然——我看北齊佛立像

爲什麼那麼淡然？
爲什麼好像快要消失了似的？
爲什麼？

站在他面前，如果不是光影的關係，幾乎快要看不到他的神情。是不是因爲年代久遠，在歲月裡砥礪一千三、四百年，磨削你原來要說的話？所以那麼淺，那麼淡？

繞到身後，再平凡再謙順也沒有的背影，隱隱的袈裟線條，差不多是接近平面的勾勒，沒有任何「張力」，只是用最單純簡約的方式站著。抬頭再看，髮髻沒有紋理，淡柔地勾出形狀，不打算有任何裝飾烘托。

「沒有三十二相，八十種好。」

那麼，這樣淡淡的若有似無，就是想說的話？

彷彿要留下最大的空白神情，就是參悟的道？

不忍再看那背影，辛酸淒然漫天而下。原諒一個塵緣難了的俗世人，不能不看見曠野裡獨行出家人的落寞；不能不看見一個拋妻別子、了斷人世愈愛愈苦之後的孑然寂寥。

無生而無不生，無形而無不形。超三界之表，絕有心之境，陰人所不能攝，稱讚所不能及，寒暑不能爲其患，生死無以化其體。

什麼都沒有也什麼都有。

致敬，北齊這位不知姓什麼叫什麼的佛師，向你致敬。在你生平竟日的雕刻工作裡，掌握線和面的語言，大馬大弓地拉出一些強烈的格局，想必不是做不到的事情，因為在這尊立像的五官上，我們完全知道你的熟練世故，和技法上游刃有餘的準確。然而，你畢竟沒有發出任何高亢的聲音，而堅定清楚地選擇了低迴。

可是，你已經顛覆了無數的鑑賞和思考，在米開朗基羅和羅丹的「張力」語言結構之外，以俗世的權宜肉身，敍述放下權宜肉身的解脫頓悟，闡揚「衆生皆苦，頓悟成佛」的義理，卻也留下無比糾結的人間依戀。

兀自垂目靜站，承荷一切，也放下了一切。這樣千古的深沉，卻竟只是淡然。

一九九七年臺北故宮「雕塑別藏」展品專文

飛起來，微笑地飛起來——我看北魏飛天頭像

因爲全心歡喜，所以那麼和悅地笑。因爲是佛國的護法，所以在漫天的香花和曼妙的音樂裡飛著。

因爲笑著，因爲飛著，所以全身都飄揚起來，頭冠隨風舞起來，頸子的曲線飛起來，笑揚的嘴角飛起來，瞇著的眼睛飛起來。是不是應該聽見空氣裡響起佛漢・威廉士（Ralph Vaughan Williams）的〈雲雀高翔〉（*The Lark Ascending*）？

一千四百多年，起北涼，止晚清，中國民間用最大的心血灌溉這片田地，無以數計的佛師窮一生之力，在石壁上，洞窟裡，用一對眼睛的線條，一張嘴的弧度，敍說義理的頓悟，法身的感應，只因爲權宜的現世之身，是唯一的傳法素材。

在個別的時代，各種不同的「時尚類型」約制著基礎風格；但是，他們都在那些固定的符號裡，努力地呈現自己的永恆精妙。那種世故，嫻熟，準確的韻味，像魯賓斯坦演奏蕭邦，創造的一個笑意，一個眼神，堅定有力地穿越時空，成為古美術裡最獨特動人之處。

親近佛教的人，用「緣」這樣的字眼，形容觀賞佛像的歡喜。退後一步，那種天災人禍之後，在時空裡面顛沛流離之後，綻然而笑地在眼前，其實應該是更深沉的滄桑之「緣」。

頭部已斷，冠也損了，也許永遠不再知道祂原來飛舞在什麼地方。然而在斑駁裡，為什麼能夠依然如此燦爛動人？那強烈的動感仍然壓抑不住地想要飛起來？

敦煌莫高第三窟。

太陽白亮，鳴沙山一片熱氣氤氳。一進窟內，涼爽得令人一驚。

手電筒亮起。元代千手千眼觀世音壁畫靜靜地對列窟內兩壁。研究所的李先生觀看良久之後，指著畫像上突起的小土瘤。「因爲水氣和灰土裡的鹽分，它會愈來愈大，然後破裂掉落。」

那麼就有一至二公分的泥灰脫落，元代現存的絕妙經典佛像壁畫，也跟著從世界消失了一至二公分。

這樣小小的土瘤，遍布在這不過一人多高的壁畫上。

「有什麼辦法嗎？」

李先生領頭出了洞窟，管理的人鎖上新裝的鋁製門，說是邵逸夫先生捐的。李先生一直走下洞窟，一直沒有回答問題，直到我再問一次。

「我們盡力，可是效果不怎麼有用。」

走出莫高，回頭看，窟外的沙岩，早已是新科技的混凝土仿製加固，但是，仍然聽說莫高窟考慮永久封閉不再開放參觀。因爲，參觀者的呼吸和帶進來的潮氣，正一點一點摧毀窟裡的一切。

敦煌街上，到處看得到第三窟的原寸臨摹。說是叫價人民幣六萬，還只是美術學院的老師之類的水平。如是名家手筆，叫價三十萬起。站在臨摹畫前面，大概不需什麼美術鑑賞訓練，就可以一眼看出戰戰兢兢的臨摹，和揮灑的原創生命的差異。

不由得問個問題：爲什麼今天不再創造那種動人？

大太陽底下，莫高窟外的河谷早已蒸發枯竭，艱困地走到莫高窟前段的廢墟，擠身進去，完全無法相信可以住人，何況酷暑嚴寒？而那些修建佛窟的佛師世世代代就全住在裡面。

抬頭再看那讓人無法忘懷的動人笑容，心裡慢慢地就明白了。

請珍惜地，珍惜看那飛起來的笑容。

一九九七年臺北故宮「雕塑別藏」展品專文

對我而言，讓我
動力。之不僅僅
張，奇特的熱情。
，多了一種價值
這些自己想像，如
入我的生活、我的
在那樣想像
，我

第四部

在這個虛幻如夢的世界，
我是不是一直都清醒著？

寂靜，在戰火之後

大雨之後，空氣陰翳，青苔飽滿，深綠更綠。號稱有一百二十餘種青苔的苔寺，鮮少人知道它叫西芳寺。雖在京都，卻少有人入寺參觀，當然，和嚴格要求事先預約有關，且蓄意放話，至少一週才能取得預約回覆。這些繁瑣，把人馬雜沓之慮，完全摒除。

人走進苔寺，自然沉靜，這跟寺廟要求每一位入寺參觀者，必先以毛筆臨寫《心經》，似無必然，而是因爲極少人見過撲面而來的那麼無垠無涯的青苔。綿綿在樹陰裡，在池畔，在土坡起伏的綠色青苔，是有一種沉鬱的陰氣的。苔寺，更顯幽寂。

感覺苔寺，筆墨無用，只能訴諸影像；然而，一向覺得影像尚稱堪用的 iPhone 五百萬畫素，亦覺意有所不逮，因爲，「陰翳」；雖然很多時候在空氣裡，更多的「陰翳」，是在心裡。無論怎麼拍攝，照片上的苔寺，少了空氣裡揮之不去的濕，和一種悲傷而詩意的鬼魅之氣。

西芳寺建於奈良時代，天平年間，是七二九到七四九年。一四六九年，寺全毀於戰火。荒蕪之後，青苔於是蔓生。

如果今天這個本名叫西芳寺的寺廟，因爲青苔而名聞世界，甚至因爲青苔而成爲世界文化遺產，而「戰火之災」，「荒蕪」之後，遍覆這個寺廟的青苔，如果是一種傷痛之極後的療癒，那麼，那些苔蘚底下，想必埋藏著年歲幽幽的悲哀？然而，早已經幻化成生氣勃發的陰鬱的綠色絨氈，蔓延覆蓋了所有過去的辛酸。日本人竟然就如是地沉溺在這只能在陰濕之處存活的孢子植物。虔誠地無所不用其極地培養它，一百年，一千年，珍愛不移。

站在一個一千多年前就存在的院子裡，「過去」的感覺，如此清晰；相對的，人立卽覺得沉重而悲哀，因爲，時空的感覺強烈地質問：這是過去。一千多年的過去。活在你面前。你一步一步往前走。你可知道你的將來去處？

存命之喜

正準備吃晚飯，看見電視新聞報導空難，畫面是救援隊在泥濘裡挖出罹難者的遺體，沒有意識了的手臂懸盪被運走。沾滿了泥的手臂，留在心裡。

開始，很不舒服，但是飯桌上有別人在祈禱，突然，覺得很幸福。

日本人最近努力提倡「清貧思想」，也就是中野孝次著作的《清貧的思想》一書中，不斷提及吉田兼好的《徒然草》，裡面有一句話：「存命之喜，焉能不日日況味之？」

在生命的過程裡，「意義」能夠超越許多困擾。能夠每天早上睜眼醒來，知道自己活著是一種很大的福分，而珍惜地過每一天，讓每一天都有意義，似乎不是每個人經常清楚地存在心裡的念頭。

這樣的思想，能夠讓人放下很多欲望，多做很多有用的事。因爲面對生命，能心存感激，人就能謙卑，知道日子裡哪些價值，是永遠的；哪些價值，是虛空的。

然而，人畢竟各有差異，能夠天生就知道這種想法的，少之又少；知道，而能時刻不忘的，更少。

我經常經過閱讀、反省，不斷地提醒自己這樣的想法；透過這樣的練習，讓自己能夠有能力看清楚「工作」的眞正目的，也讓自己能夠眞正喜歡工作。雖然，經常還是忘了。

佛教密宗裡，流傳著一種叫「白骨觀」的冥想修持，方法就是冥想自己的肉身逐漸腐壞，最後化成一具白骨骸端坐。當初乍聽，只覺得恐怖不解，現在，反而漸漸懂得了它的道理。

生活的本來面貌

因爲佛光山佛陀紀念館的琉璃工房的展覽，很多琉璃工房的伙伴必須輪流到展場服務。每次輪値，都要在山上停留一個月，十多個人住在一個大通間的寮房裡，必須吃素，更重要的是：大家要承擔業績壓力，每天有時得面對多達一千位以上的觀衆，導覽整個展場的作品。因此，是有一定辛苦的工作。

對於這件事，我想分享一些我的想法。

我相信很多人覺得在山上的生活是一件苦差事，要過比較不方便的生活，要吃素、要導覽……尤其，大家都很年輕，山下，還有很多掛念的生活。

一個星期前，我陪同客人在佛光山參觀，慧是法師安排了參觀本山叢林佛學院，正好遇見一群在山上短期學習的年輕學生，院長永光法師開心地介紹這些學生，發現竟然來自各地，西安、杭州、成都，當然，還有臺灣。我最深刻的印象是：每一位都笑得十分開心。

永光法師事後告訴我，這些學生每天早上五點做早課，不能使用手機，跟著山上所有出家師父的規矩學習。

我突然很想知道，爲什麼每一位仍然笑容充滿？那麼年輕的笑容，難道佛法已了然於心？

我突然想到自己，我對佛法是那麼全然明白嗎？答案是問號。然而，爲什麼每每上山，我都有一定的安定感？甚至在山上的導覽工作，縱然，它有一定的重複性，也有一定的體力消耗，但是，我捫心自問，我每次導覽，心裡有一定的歡喜。

我一點都不想從佛法的角度解釋，我寧可說每個人心裡都渴望一種平靜，一種祥和，而那樣冀求，是現實世界極不易取得的一種理想，因爲，我們無可避免地經常身陷其中，少了一份單純，少了一份放鬆。

但是，無論我們同意不同意，在山上這個小小的社會，那種對於無我的理想的強調，是從上到下無所不在的。做爲一個簡單的社會分子，你不需要全然認同佛法的存在，你卻必須同意進入這個世界之後，周邊環境裡的人事物，多了社會上少見的善意，至少，處處是笑容，處處是問候。

那種在山上的鬆弛、放下，理論上，本來是生活的原貌，但是，我們早就滿心嚮往而不可得了。因此，在山上的生活，心理平靜之後，早課、吃素，早就不是問題，反而成了一種安定生活的紀律。

而展場裡的導覽，因爲概念全然是山上奉行的信念，導覽，經常是對自己的一次又一次的演繹，其次，才是導覽對象的解說。因此，經由導覽過程，一次又一次的自我反思，心裡邏輯經過整理，而到口裡語言表述，到自己耳朵聆聽自己的說話，如果有人被說服，第一個人，反而，應該是自己。

我相信我感覺到的那份安定，是每位伙伴都可以感覺到的，因爲，那應該是我們生活裡期待的一種本來面貌。那麼，山上的生活，應該是一種歡喜。

我們共勉之。

我很小之後，才能夠看見別人

《快樂》一書，通常放在我伸手拿得到的地方，因爲，經常，我心裡不太舒服，就隨手翻開又看一章。這樣的說法，不是說我有閱讀的習慣，應該說，面對生活，我經常覺得自己的定力不足。

定力不足的現象很多；我對身邊的人，或者事，覺得喪氣，嚴格說：自從知道「生氣」對自己有多大的影響之後，我訓練自己絕不生氣——雖然很多時候，我仍然憤憤不平。但是，基於健康的理由，我對「自己在生氣」的反應，來得比較敏感。

但是「喪氣」很難。

我想像各位也一樣，生活裡的確充滿了各式各樣的不如意，你對人的期待，經常讓你失望，生活裡的每一件事，經常讓你失望，甚至別人的一句話，一個眼神，讓你失望。

經常，你發現有一個人更讓你失望，就是你自己。

這些充滿在時時刻刻，人人身上的「失望」，形成一種灰暗，不快樂。

不快樂，成了日子最重要的顏色。

我們看到很多人用不同的形式反應這種自己控制不了的氣氛。找一些事麻痺自己，抽菸、喝酒，胡亂地看沒有什麼意義的東西，電視、雜誌，只有一個目的：日子快點過去。原因：只有一個，我不太快樂。

最近許多年來，很多伙伴從外表上觀察，可能認爲惠姍和我是佛教徒，我經常想說：這個說法基本上是對的；但是，程度上，我們和理想的佛教徒差得遠，因爲，宗教做爲一種信仰，眞的要「相信」，如果眞的「相信」，必然是全然的，如果我們眞的全然相信，我們怎麼可能仍然喪氣？仍然不快樂？仍然不能做到全然的「利他」？

我們只是略略地知道一些佛學裡的知識，我們努力訓練自己運用那些知識，讓自己逐漸不要不快樂，不要懷疑，不要害怕。

伙伴和我們吃飯，看見我們祈禱，有人以爲我們是基督教徒。我想我們願意在衆人面前低下頭，最重要的不是「祈禱」什麼，而是學習我們願意在大家面前低下頭，然後，不斷地提醒自己要「感恩」。

這個願意低下頭，對我們是一個很重要的開始，經常願意低下頭，是一種訓練，一種提醒，我們希望這個「低下頭」的開始，讓自己能夠逐漸地訓練自己牢牢地記住：我很渺小，世界給我很多。

這本書，基本上，也只有一個重點：我很小。也就是所有宗教的基礎：謙卑。

或者用其他的語言：利他。

書裡反覆地說一件事，我很「小」之後，能夠看見別人，經常地看見別人，就是「同理心」，請記得古老的中國智慧，不斷地提醒一種高度的管理文明，就是所謂「大舜有大焉，善與人同」。

而「管理」或者「溝通」，嚴格說起來，如果眞能「謙沖」而「能與人同」的心理基礎，你很容易和大家在一起和睦工作。眞正難的是：你在面對人生的種種，那些挫折，不安，形成的種種不快樂，是我們一生的眞正挑戰。

我常常想：我怎麼提醒別人檢視自己是不是一個「快樂指數」很高的人？或許有一個方式可以分享：想想你明天就從這個世界上消失了，除了你的親人之外，有人懷念你嗎？

我用這個方式檢視身邊的朋友，有點靈；一個人身邊朋友很多（眞正的好朋友），甚至同事喜歡他，願意找他說話（不是爲了工作），大致上，這個人多半挺快樂的。

這是不是書上說的，他身上散發出的對別人的「能量」？

能量的本質是什麼？內容是什麼？

願意「看見」別人。

不快樂，讓人沮喪，讓人生理生變，讓人無法面對複雜多變的生活，它形成一種我們經常說的「壓力」。

如果我們同意這個前提，那麼試著爲了讓自己不要不快樂，練習書裡的一些觀念。

由衷祝福。

多麼多麼地需要音樂

最近經常到醫院驗血，面對針頭刺入血管，成了頻繁的事。有時候，同一個驗血，針頭刺入很多次，不同粗細的針頭，是不同的痛疼，這些痛，自然成了病痛的某一種表象。每每想到等一下有好多次針頭刺入血管，就想找些東西，移轉那一次一次的痛，找什麼呢？

突然想起來，做心臟導管手術，大夫在手術臺旁，冷不防地問：想聽什麼音樂？

嚴格說，大夫當時可以提供選擇的音樂不多。但是，無論選擇的音樂多麼不合意，當時播放的音樂，讓我在整個局部麻醉的過程，減少了極大的痛疼的煎熬。因為，你的聽覺，彷彿輕而易舉地帶著你到了另外一個空間，而你的另外一個無可奈何的部分，留在手術臺上，承受著煎熬。

突然相信音樂的力量多麼巨大。可以試試看，看電影的時候，把音樂關掉，你會發現原來的某些氣氛突然蕩然無存，緊張的也不緊張了，浪漫的也不浪漫了。原來，全是音樂帶著你的情緒。

那麼，如果音樂可以舒緩某些肉體上的痛疼，生活裡，或者生命裡，應該更是無時無刻需要音樂。

需要什麼音樂？

每個人有自己的音樂，每個人自己決定在選擇的音樂裡聽見什麼。一樣的音樂，不同的人，聽見不一樣的情感。

我自己需要的音樂，經常是一種立即而簡單直接的悲傷，那種悲傷，讓我覺得是生命裡最大的深沉體悟。相對之下，肉體之苦，就簡單多了。

另一方面而言，在生命裡，找不到用自己的語言寫就的音樂，當然成了很大的憾事。但是，既然沒有最貼切的，自己又不是個音樂創作者，努力搜尋，總仍能找到符合自己的聲音。

對我而言，電影音樂是最容易的，因爲沒有任何音樂像電影音樂那麼「目的性」，永遠說著什麼，那樣說著什麼的「敍事性」，形成一種情感的線條，勾勒某種情緒，你很容易跟著走了，你的生命的短暫的幻覺的存在，已經在另一個世界了。雖然，有時候，你找出電影，對照一下，你發現你的故事跟原來的故事，是兩回事。

一點一點地知道什麼叫生命

學校裡從來沒有一堂課叫「生命」，但是，我們每天就在這個叫「生命」的情況裡一天一天地過著。

生命，有些事，是一目了然的。譬如說：火車來了不能站在軌道上。譬如說：獵槍不能朝著自己的嘴裡扣扳機。然而，很多人，很多很成熟的人，甚至對人的生命的定義，有很大貢獻的人，卻做過這種違反規則的事。

生命，竟然如此危險。難道是一門愈學愈糊塗的課？

我們匆匆地往前走，日子，或者叫生活的事，很容易上路，飯來張口，天冷穿衣；

但是，生命如果就此一路平坦明白，也沒有什麼好說的；但是，這一路上，多少恐慌，多少疑惑，很少事情是明明白白的。學校仍然教不了，父母不一定有答案，然而，每個人就一步一步地朝前走。

我突然不揣冒昧地到處跟人說：文學很重要。

因爲，讀完張愛玲的《小團圓》，明白她說的「已經不再有好奇」，在那樣無從救贖的灰燼裡活著，鼓舞我一點一點地知道生命。

智慧只能苦中來

一個人的智力，如果缺乏人生的體認，智力也許反是噩夢。

在一部紀錄片裡，看過一位智商奇異的男士，他在差旅之中，早晨在路旁小咖啡廳吃早餐，一位女服務生給他倒咖啡，他瞄了一下她的名牌，隨口說出她家中的電話、位址。女服務生驚訝之餘，不由心生疑懼。片子隨後說明，這位表情羞赧如達斯汀・霍夫曼演出的「雨人」的男士，只是昨夜在旅館中，閒來無事，就一頁一頁地翻閱小城的電話簿。他過目不忘的能力，使他可以完全記住一整本電話簿裡所有的資料。

一個人深夜爲什麼翻閱厚厚的電話簿？

在片子裡，他寡言到令人懷疑他有智障的問題。上天給他這種超人的智力，他爲什麼落寞至此？然而所有的資料顯示，類似的人都有不能適應社會的問題，他們對人生的認知是什麼？爲什麼他們連日常生活的適應能力都沒有？成爲心理學上一個頗具神祕色彩的角落。

每每想起那一張沉默哀傷的面孔，總覺他們心裡有一個揮之不去的無助。這個無助的存在，纏繞他們，令生活變成一個孤絕的繭。

爲什麼無助？

我當然地想起杜斯妥也夫斯基著的《罪與罰》，人既然貪婪，爲什麼又有道德？當然也有《馬克白》，親手殺人都堅決如此，爲什麼還愧疚自責地處處見鬼？

原來，人間，不是一本電話簿，它的糾纏不清，本末倒置，沒有標準答案。人，如果只是要活著，不難，或一臉幽怨，或殺氣肅然，或終日「我！我！我！」，時日到了，自會結束。

然而，正如廚川白村說的「文學是苦悶的象徵」，其實，文學的內容，不外生命的種種，而生命的種種的本質，正是「苦悶」。

佛學裡有些定義，是眞切的，譬如「一切本苦」，苦，是生老病死，是怨憎會，是愛別離，是求不得。這是「外在之苦」。另外，還有「內在之苦」，就是「貪痴慢疑」，邏輯上，不用佛學提示，每個世間人，都知道這人生在世，都受這內外之苦的交相煎熬，但是，有多少人眞的從中悟出一二，而眞的祛苦得樂？

突然明白那些「雨人」臉上的落寞。

人最大的智慧，可能是對「生老病死」，以及「貪痴慢疑」的種種認知。這種認知讓自己體悟生命本質的不完美，而從這個淒涼的結論，一個人，也許才能開始寬容自己，寬容別人，而這樣的寬容，也許是智慧眞正的開始。

養生主的「主」

莊子養生主的「主」，有的說法是祭祀之燭，從象形的解釋，「主」正上方的一點，就是搖曳燭火。

每每想及這個說法，不免怵然心驚。

庖丁解牛之說，是千古智慧，常常覺得應列入中國人的生活手冊，多少人窮其一生，不容易領悟其中的世故。

如果要像庖丁一樣，十九年不易其刀，需要多大的「游刃有餘」？回想起自己，生活裡多少事情，都仗著自己「刀好力氣大」，猛砍狠剁，每易其刀，不但不反省刀廢人傷，還洋洋得意。

養生主的主字頭上那一點，是不是莊子本義？直指生命如風中之燭火，需要珍惜，需要身心保養，顯然已經不重要，每每寫那個「主」字，孤伶伶地離開底下的「王」字，飄浮空中，或甚向左傾斜，寫盡了脆弱的搖曳不定；再回想庖丁解牛之際，竟能讓人覺得他合於「桑林之舞」，深深覺得自己對於生命的看法，顯得多麼魯莽粗糙。

我十六歲的回憶裡全是怨懟

我十六歲的記憶，大部分是怒氣、抱怨。我當然知道爲什麼，因爲我今天其實仍然面對同一個世界。

十六歲的體能，當然很好。我記得我可以三天都不睡覺，白天大部分時間在上課或閱讀，晚上三五個朋友就找一個地方聚集，開始談論人間的種種。大部分的語氣都是激烈的，盛怒地數落著世界、國家，或者社會。我們通常談論到天亮，然後去上學，晚上再聚，話題如一，都是種種不平。

這種怨懟一直持續到我三十歲，我有機會出國。我的父親在我出國當天早上，給了我一百塊錢美金。這個很平常的中年人，平日省吃儉用，一百塊錢美金，是他當時一個月的薪水。我身上帶著這一百塊錢美金出了國。

在國外，我發現一百塊錢美金還買不起我看上的一件西裝上衣。這個奇特而複雜的「屈辱」感，讓我至今難忘。爲什麼是屈辱？某一部分的原因是：我第一次面對另一個世界，那個世界裡，各方面的品質，都讓我覺得我成長的世界遠遠不足以相提並論。而我的父親傾其所有給我的「支援」，竟然完全微不足道。

我想像有一天我的孩子也要面對這種「屈辱」。

我一點一點地回想，我十六歲以來的怨懟和理直氣壯地對人間的責怪，到底有多大的正當性？

我逐漸不再趾高氣揚，我愈來愈明白，我所有的怒氣其實都像是那一百塊錢美金的屈辱。在現實世界，那一百塊錢美金多麼無力，多麼微薄；但是，對我的父親，或者對那些一生比我更充滿不足，充滿挫折的上一代而言，他們連高談闊論的時光都沒有經歷過。

今天，我想我的性格裡，仍然充滿了某種憤怒；或者，怨懟。

我不懷疑它們的眞確，但是，每每我想起父親默默塞給我一百塊錢美金時的神情，我就默然了。

曾經滄海難爲水

很多人問過這個問題：「爲什麼幾個人電影好好的不做，要做琉璃？」

我回答過無數次，但是，我清楚地知道，我沒辦法清楚地回答，更何況眞的有人有興趣知道這個答案嗎？

五十多年，走過的路，不可能長話短說。

既然要說，得有點耐心，對自己，對讀的人，可能都需要。

我的電影，要從死亡開始。而死亡，需要學習。

明白了死亡之後，生命的意義，對我而言，至少是豁然清楚。

我經過對別人的觀察，逐漸發現很多人不太接受，也看不明白。就算你努力地說了，他也不容易感受。我只能說，很多經驗，尤其對生死，得親自體驗，人不經過不切身；但是，遺憾的是，你經過了，就回不來了。這，算是一種黑色的啓蒙嗎？

我三、四歲，就有印象，我是我爸爸重要的教育對象，我爸爸鼓勵我識字，鼓勵我表演講故事。

上了小學，在學校裡的課本，對我乏味透頂，它們怎麼比得上黃天霸和《七俠五義》？我成績很容易很好，更懶得念書。作文，造句，對我完全是輕而易舉的事，閒來無事，我就看更多的閒書，看完閒書，就跟同學講故事；照本宣科得膩味了，就開始瞎編起來，岳飛傳的情節和鄭成功的故事，混著講。

我上小學二年級，就被請到五年級教室去講故事，講完故事，酬勞是一包冰凍的小番茄。

這時候，我根本不念課本，只看閒書。不但看，還自己寫故事。我很容易有特權，不上課，出學校去參加各種比賽，找一個藉口，我就有權利半個月不上課，理由是創作作品參加全省的美術比賽。不上課久了，我更不習慣在教室聽一些無聊的八股，我乾脆假借各種理由溜出學校看電影。電影，對一個小學生，是很奢侈的事。當時的電影票，成人四塊錢，半票兩塊五，我不可能天天有錢看電影。

我開始動腦筋找錢。我研究學校附近的小店賣的東西，哪一種最受歡迎，我就自己做。我研究了一下，發現到批發的店去買一份可以抽籤的類似六合彩的東西，只要三塊錢，小朋友花一毛錢抽一次，可以抽一百次，我可以回收十塊錢，淨賺七塊錢。十塊錢，對一個小學四年級的小孩，是很大的一筆錢，除了可看電影，我可以吃各式各樣的大餐。

學校附近，全是臺灣人，吃的全是日本式的食物，我見了什麼都吃，不會點，就觀察別人怎麼點，點到身旁的老傢伙爲之側目。

我的物質欲望大得不得了，老實的小本生意已經不能滿足，因爲我要看電影，又要吃大餐。我也不去學校，回家已很晚，老師問起來，我就說在創作，要不然就模仿我父親的口氣寫一封請假信。家裡問起來，我就說學校的功課很多。

我不在電影院看電影，就在日本餐廳裡混在大人裡吃生魚片。

錢沒有了怎麼辦？我學會賭錢。

臺北那個年月，賭錢可大可小，街頭小巷僻靜的地方，一群無業小混混，十塊二十塊地蹲在地上賭梭哈。我只有十歲，擠在裡面，賭一塊兩塊錢賭得沒天沒夜。

輸了錢怎麼辦？我就欠債，要不然就回家去偷錢，凡是可以換錢的，也偷出去換錢。偷多了，我爸爸發現了，他太疼我了，捨不得當場就揍。他努力地想教化我，我就得寫懺悔信，夜裡塞到他枕頭下。

但是，實際上，我停不下來，賭贏了錢，就看電影，吃大餐，一個小孩叫一桌大人也吃不下的東西，然後吃到一出餐廳就吐。看電影，就一部接一部地看，看到不記得哪一部是哪一片。

我欠了一大筆賭債，至少四十塊錢，我就換地方去賭。經常，給債主逮住，拖到小巷子裡，揍一頓。我當時只有十歲，十一歲。

每天我的日子，就是慚愧、歉疚、不安，可是，繼續地幹一樣的事。

電影，是我最大的避難所，也是我最黑暗的庇蔭。溜進黑黑的世界，看著那個巨大的光影裡的悲歡離合，我又哭又笑，忘了等下還不知道如何過下一個眞實生活？

我小學怎麼畢業的，我已經不記得了。我認爲身邊的同學全是無知的小孩子，他們怎會知道什麼叫欲望和罪惡？

我很勉強地考上一所中學，突然知道自己一直在過什麼日子，因爲我開始接觸海明威和杜斯妥也夫斯基。

我的初中和高中，基本上沒有學校生活，因爲大部分時間，我都蹺課。蹺課被查到，叫曠課，曠課時間到了一定的時數，就通知家長：「貴子弟曠課時數已逾若干小時，學校規定超過若干小時，得予勒令退學。」

我算好了郵差到家裡送信的時間，提早回家截住學校通知，然後用我爸爸的名義，給學校寫一封信，表示將對「犬子嚴加管教，權請准予通融，留校查看」。

胡亂地看書，胡亂地看電影，我自己認爲我對「人生」開始有了完整的概念，書和電影，是我的學校，是我的老師，是我的教育。這些閒書後來有個比較美好的名詞叫「文學」；然而，對我已經過世的父親而言，永遠是「閒書」，他永遠不懂他兒子爲什麼不好好念書，好好做一個生意人。

念大學之前，我已經在初中學校編學校校刊。我一個人寫散文、寫詩、寫影評、寫小說、寫電影劇本，用不同的筆名發表，「霸占」一整本的校刊。學校沒有人知道，我一個人暗自得意。

我開始寫極「存在主義式」的電影劇本，我最重要的小說讀本是卡繆的《異鄉人》，是杜斯妥也夫斯基的《罪與罰》，這些沉重的色彩，成了一個十八歲的半大小孩的主要思想基礎，是乖訛的，過度的誇張的早熟，但是，它奠定了一定程度的思考模式和生命價值觀。

電影，對我愈來愈熟習，愈來愈嚮往。它延續了那個七、八歲的小孩，在一個大黑房子的夢。我慢慢明白有些演員離開電影後，驟然凋謝的理由；對那些人而言，如果不能活在電影裡，不如不活。

大學聯考，我的成績極差。雖然，爲了考大學，我還補習了一年，但是，我仍然只考了一個最低錄取標準。分發的學校，是一個我不知道如何是好的科系：電影科編導組。我不知道，這是一種什麼樣的命運安排，全班一百三十名同學，百分之九十九都在準備第二年重考。因爲，幾乎除了少數幾個人是爲了念電影來的，其餘的人根本平常連電影都不看。

我在課堂上，覺得很寂寞。身邊的同學對電影一竅不通，爲了混完一年，裝模作樣地交些作業。他們連奧遜．威爾斯（Orson Welles）是誰都不知道。而我，書包也擺滿了重考的書，因爲，我得跟我爸爸交代——我才不會念什麼電影呢！我要好好地念國際貿易，念外交學，將來出國留學。因爲，這是當年臺灣念書的標準模式。

我第一次知道我有高血壓的問題，還完全不知道高血壓到底是怎麼一回事。我去受軍官暑訓，一檢查身體，發現我的血壓是180/120，依例退訓。

我找了所有的高血壓的書，很快地了解高血壓是怎麼一回事。

原來，跟死亡有關。

我那年十九歲。

我知道我在未來要無可避免地面臨：腎衰竭、腦溢血、心肌梗塞……等等問題。

它們是遲早要來的，如果我不能治好高血壓的問題。而更要命的是，通常高血壓是治不好的，它只能靠藥物盡量控制。

我主動要到醫院去檢查，我知道某一些高血壓是可以治好的，只要查得出原因。

我不要有個死亡的影子，永遠跟著我。

爲了查出原因，我受了不少罪。運氣不知道是好還是不好，我在做了腎血管攝影之後，發現我的左腎動脈有狹窄現象，醫生建議可以做一種截換手術，我爸爸媽媽完全反對，因爲據說手術有一定危險性。但是，我堅持要做手術。

我又吃了不少苦，家裡賣了我母親戴了幾十年的紅寶石戒指，花了不少錢，我母親現在還常提醒我，那筆錢足夠付頭期款，買下一棟房子。

然而，十三、四個小時的手術之後，我一出病房，血壓降到 120/80，完全是標準的正常血壓。

兩星期之後，我回醫院覆診，我的血壓又回到180/100。

我一點一滴地慢慢知道人生是什麼意思。而這一切，不是自己走過，大概不容易體會，也不容易說清楚。

我什麼都沒有想，就決定不重考了。我要念電影。

我父親因爲我決定念電影，非常失望。我也盡量避免跟他碰面。我沒有辦法跟他說清楚，電影並不一定是他心裡的「要飯的」。

我在學校裡進進出出，只上幾個老師的課，其中一位就是陳耀圻先生，他正和白先勇先生和盧燕女士籌拍「玉卿嫂」。我在中學就看過小說，好奇地在一旁湊熱鬧，記得還爲校刊做了一次陳老師和白先勇的訪問。我絕對想不到，十二年後，我是「玉卿嫂」的導演。

回想這些事，覺得自己當時最大的問題就是一種彆扭，一種不安分。沒有人引導，也不願意接受別人引導的不上不下。心裡充滿了對生命的莫名的恐懼，無知，但是，在現實裡又目中無人，自顧自地孤僻在書裡和電影裡摸索。

在學校裡，如果沒有陳耀圻老師，我可能變得更偏頗，更自我中心；而陳老師帶來的美國電影教育的概念，讓我整個視野不至於發展成某一種歐洲電影的孤僻——我高中時期，心目中的導演只有瑞典的英格瑪．柏格曼（Ingmar Bergman），這不是對不對的問題，但是，可能讓我完全自絕於臺灣社會。

陳耀圻老師很看得起我，一直讓我跟在他的工作組裡，參與各式各樣的工作。這些實際的工作經驗，除了讓我全面地學習一個電影導演的人情世故之外，更知道當時臺灣電影虛榮的結構。這些經驗，讓我很早就可以在臺灣的電影圈裡，有一定適應能力。

今天我回頭看看，我深深地相信電影的世界，無論是就創作的層面而言，或者就工作的環境而言，它有它自成系統的生態。每一個導演，每一部電影的存在，都表現了這個創作者，和這個社會環境的互動。

我在跟著陳耀圻老師的階段，親眼看著老師的一些想法，如何通過製片的資源，如何轉換成一部電影，如何在市場上和社會互動。其實，對我自己是極大的挑戰，有一段時間，我簡直無法再繼續下去，因爲它幾乎是在一種沒有累積，沒有任何絕對性的情況之下，不斷地尋求一種適應的工作。

我記得當時我已經結婚，也有了孩子。有一次，已經是農曆年前夕，我仍然在處理一個故事大綱，而故事如果不通過，製片和預算費用就不成立，我也就沒有任何錢過年。我連續幾天不斷地參與和片商的討論；「討論」，嚴格說起來，大部分都是言不及義，尤其臺灣的片商和製片的見識和語言，跟心目中的「電影」是沒有任何可以相提並論的，尤其你還來得不巧，心裡全是些小津安二郎、英格瑪・柏格曼的電影概念，你就覺得日子煎熬得不得了；更可怕的是，快過年了，你幾乎不知道如何回家面對家小。

這種長期的經濟上的不體面，形成一種極大的負面壓力，而讓整個電影的工作充滿了一種無形的價值扭曲，創作的人，幾乎不容易不以市場顧慮爲先。

我終於支撐不下去，離開了電影，到一家廣告公司去工作。我的電影的資歷，和文學創作的經驗，讓我在廣告公司很容易混，待遇高而且穩定，日子悠閒，每天胡亂地寫一些企劃案，轉身即忘，完全不會擱在心上。

日子一晃就過了三年半，日子「空空如也」。我看得最多的書，是每年的廣告年鑑、設計年鑑，其餘全是風花雪月的。廣告公司每年講究的是業績，是獲利比，沒有什麼事比客戶更大，也沒有什麼事比升級加薪更了不起的了。我仍然自以爲是地保持自命不凡的姿態，沒有想到，這已經讓我成爲很多人排斥的對象了。

等我發現我在整個系統裡，已經是個人人不怎麼喜歡，也只能無可奈何的人物的時候，我知道我根本不是這個生態裡的人。我如果不改變自己，根本沒有將來。我看著前後左右的氣氛，突然一刻也停留不了，我寫好辭職表，當天下午就走了。

離開廣告公司，對我是很大的激盪。一個有家有小的人，突然沒有了職業，沒有了收入，對一個正常的社會人，是一種怪異，日子的模式完全失序，面對的生活一片空白，你預備在這片空白上塡什麼？

有一個概念是一直在心裡，卻遲遲沒有塡上去：電影。

我當然淸楚地知道，我在廣告公司工作的問題。我不太能忍受一種爲了五斗米的商業創作，不論是任何形式的表現，我完全不相信裡面有多少「眞實」，少了這個眞實，所有活動全成了一種形式，是虛假的。相對的，你不可能相信你自己的動機，你也不覺得你的創意到底有什麼永遠的意義和價値，那麼，你不可能在上面「簽名」。

這個怪異而不現實的想法，愈來愈強烈，我慢慢地幻想一種眞實有價値的工作，因爲我曾經過過一種表面上是創作式的活動，實質上裡面空無一物。你的創作，只換了比較好的生活，好的車子，好的屋子，除此之外，一無是處。

至少，對我而言，人生有限，不要過假日子。

但是，我眞的要進到電影嗎？

那個暗無天日的工作，焦慮得身心交瘁的工作，對我根本是一種生命的耗損，一種加速接近死亡的支出。

但是，那是我最喜愛，也最得心應手的人生事業。

我一直是又近又遠，又要又不要的遊蕩在電影的周邊環境。但是，我發現我已經是一名導演了。

我從替人策劃電影，到編劇，我已經逐漸站在導演的位置上了。

我幹過電影雜誌的編輯，寫影評用了幾十個筆名發表，在臺灣還在所謂「動員戡亂時期」的時代，因爲寫了太多不利於「主旋律」電影的影評，差點就要送調查局去調查。

我開始幹電影編劇，替別人寫電影劇本。

因爲陳耀圻老師導演的「源」，我寫了二十萬字的小說，然後把它編成電影。因爲這個開始，我在臺灣開始小有知名度，接著是「光陰的故事」，讓我面對要不要全然地進入電影——做一個導演的問題。

「光陰的故事」，基本上是一個過渡，我比較沒有太大壓力。它像一個小派對，四個年輕導演，每人四分之一，選擇自己的題材，處理成自己喜歡的風格，沒有太大的票房的商業考量。我的臺灣電影工作經驗，已經是最資深的了，除了我之外，其餘三位，都是剛從國外回來，幾乎沒有什麼本土的電影工作經驗。大家都把自己的一段當成習作，甚至學校的論文電影，沒有商業的煙火氣，除了我的一段，因爲，放進來兩位比較職業的演員——張艾嘉、李立群，整個就有點市場語言。

「光陰的故事」，在臺灣成了一種過度正面肯定的電影現象，它幾乎成了一種象徵，「新銳電影」的帽子一扣，立刻成了一種價值主流。事實上，它一點也不全面，只是一個風格的例外，絕不意味是唯一的。然而，風雲際會，臺灣當時大量的國外電影院校的畢業生，硬是一窩蜂地把它推成一種時尚。

這個「新銳」或者「臺灣新潮流」的價值概念，讓臺灣電影一路在語言風格上疏離了觀衆，在市場上降低了商業基礎，直至今日仍不可回復。

臺灣電影開始極度地「菁英化」、「文學化」，這些方向，在影評人和導演的助瀾推波下，電影題材一反過去的趨勢，完全知性到一種無趣的地步，我小時候喜歡的英雄美人傳奇沒有了，情欲糾結也全因爲要求「隱諭」、「疏離」等等知性符號而稀釋到乏味的地步。

我這麼說，並不意味我有什麼回天之術，因爲，嚴格檢視，要準確地掌握大家的語言，需要不斷地學習，除非有先天的編導天分，透過不停的實際編寫和導演，市場的基礎語言很難熟練。

這些，都是我在走過之後，回頭看，慢慢地體會出的一些心得。

而電影的另外一項魅力，是「演員」；誇張一點說，是有魅力的電影明星，它根本是一種紅塵世間裡的特種情欲魔力，是電影，尤其是大衆電影的重要基礎。

臺灣新電影，摒棄這一點，希望編導本身全然地成為主導。問題是，編導的經驗不是學院教育能給的，而且需要大量地從工作經驗裡不斷累積的，臺灣電影如果沒有市場，從何有機會大量累積學習經驗？

我在臺灣電影年輕導演裡成了一個怪胎，我公然不承認自己是新銳導演，開始和另外一批非主流的導演，搞一些所謂「商業電影」。那些電影，嚴格說，現在看起來都很不成熟，它幾乎全是我小時候幻想的一些「類型電影」，甚至有些根本是漫畫式的概念電影。

我不知道自己並不足以充分掌握電影的專業語言，我也沒有可能找到我理想的好演員，去詮釋那些很奇怪的概念人物。結果，那些電影在票房上和影評上，都雙雙重重受挫，裡子面子全無。

我全然不覺悟，一試再試，直到「玉卿嫂」。

「玉卿嫂」，對我意義奇特：

第一，它曾經是我電影學校老師陳耀圻先生拍的電影，近十年之後，成了我要導的電影，這其中有些壓力，也有些滄桑。

第二，它是白先勇的小說裡，我印象最深的。我看《玉卿嫂》的小說，還是高中，那個情欲的典型，雖然出現在各式各樣的文學和電影裡，但是它明顯而直接的「情欲」情節主題，是我最感興趣的。

但是，我能在眞實的世界裡，找到這樣的演員嗎？我能夠成功地處理這個電影導演和劇本嗎？

「玉卿嫂」對我的電影生涯，是一個很明顯的標誌。在影像上，我有些歇斯底里的幻想，希望它是一個我看過讀過的所有電影語言的整合。我甚至希望透過「玉卿嫂」，重新反省我過去對電影所有的概念。

但是，後來證明這些希望全落空了。我在極有限的資源裡，只是勉強地讓整個電影展現了一種風格的統一，至於那個風格是不是我期待的，已經完全不可控制了。

隨便舉個很不願意再提的例子，一九八三年期間，我其實因爲從來沒有機會到過中國，更沒有到過桂林，對我這樣一個號稱自己是北平人的臺灣年輕導演，又曾經是個自以爲很文學的青年，對於「電影裡的生活質感」的迷戀是很強烈的；而且，在之前的電影裡的「概念化」之後，讓我物極必反地死命鑽進那個全然精緻化的胡同裡去；如果可能，我希望拍片現場都應該充滿一種劇中人物生活裡的氣味和光像。

我說的氣味，是眞的氣味，是玉卿嫂用的粉的味道，是容哥洗滌用的肥皂的味道，是這個大宅子廚房裡做的蒸米糕的味道。

我自己在寫《源》的小說裡，一直沉溺在那些細節裡。因爲當我知道那個「氣味」之後，我才相信，我是深切地知道那個時代的。

我以爲我能從白先勇先生那裡了解這些，發現這個電影原定由但漢章導演。但漢章爲劇本，跟白先勇不太愉快，李行李導演又找了侯孝賢，侯孝賢沒空，一來一回，花了很多成本和時間；換了我，我仍然和白先勇很多想法不一樣。白先生在長期的折騰之後，他已經覺得這件事「不好玩」了——這是在那段時間，白先勇最後跟我說的話。此後，他完全不再理會「玉卿嫂」的電影了。

我面臨很大的考驗，因為沒有任何「時代」的依循，我用自己有限的資源，到處摸索。這種突然發現自己和「過去」，和「歷史」如此疏遠的感覺，又一次猛烈地襲來。

第一次有這樣的感覺，是寫《源》的時候。我在《臺灣通史》之類的史書裡，想要摸索出清代咸豐年間的臺灣傳統生活痕跡，結果完全絕望。我悟出一個道理，這些寫正史的知識分子，之所以如此「概念化」，如此「方巾氣」，全是中國科舉的流毒餘孽。因為科舉的基本，全是等因奉此的說大話，捧皇帝的馬屁，題目全是些冠冕堂皇的「經世濟民」，然而沒有誰真正關心老百姓生活裡的東西，因此，中國知識分子對於真正的「人間」是外行，而任何人如對「生活」有太大的興趣，可能是要被鄙夷，被排斥的，因為「丈夫不為也」。中國的文字史料，基本上全是一個模式，裡面全是高調，沒有深切的觀察和紀錄。

譬如，你發現如果你要知道咸豐年間漳泉二州百姓械鬥的情況，使用的武器，死傷的情況，你不能指望臺灣的地方誌，更不能指望《臺灣通史》，而要去查當時在臺灣的外國傳教士的劄記。

這個對「過去」的迫切感，在「玉卿嫂」的工作期間，對我是很大的壓力，為什麼一個中國人對「中國」如此陌生？而且，就算你想要了解，也沒有什麼資料供你了解。

規劃整個影片的服裝和生活的考據，讓我吃盡苦頭。我根本沒有什麼「考古癖」，但是，當時，你想要找一個民國二十年間廣西桂林郊區的戶外照片，你都不容易找。何況，你想看看一個所謂《玉卿嫂》小說裡慶生住的下階層生活區的圖片更是難。（小說裡，容哥說慶生住的地方，是「臭」的。）

我心裡很不安，藉故去了一趟香港，找回一批當時三聯出版的書，嚴格說，不是太管用的，一進臺灣海關，悉數被沒收了。

我仍然記得自己很委屈地看著那些書，一本一本被掃進一支大簍子裡，我心裡第一次感覺對「政治」的絕望。

對我而言，那一張張有些樣板的照片，對我建立一個「玉卿嫂」場景是多麼重要的事，而那個海關的小官侍只說了一句話：「這有什麼好看的?!」

這件小小的事，讓我至今都不再相信政治體系裡對於「文化」有任何誠意。

在另一方面，我發瘋似的把自己逼在一種「我就是電影，電影就是我」的狀況裡。如果今天看起來，那完全是「五陰熾盛」，所有的官能意識的放大，說得是理直氣壯，但是，這種自己給自己煽火的結果，根本是一種佛學裡說的「苦」，苦了自己，是活該，苦了別人，就很罪過。

我不可能很客觀地說清楚這樣的事，後來經常有人不識相地問起來，我只能說：電影對我是一種心靈的冒險，我不自量力地以爲自己能夠進出自由，但是，我錯了。我不但把整個事情，甚至整個生活搞得天翻地覆，自己的心，也不能片刻平靜。我不知道我已經是個深陷貪嗔痴三毒的人。

「玉卿嫂」在當時的臺灣，是一件新聞，一場情欲的戲，嚇壞了臺灣當時的新聞局，前後差不多六分鐘，新聞局找來文藝界和電影界的資深人物，先宣達官方說法之後，然後做成一段結論：「有礙中國婦女良好形象。」剪掉。

爲了表示大家一致的敵愾同仇，當年的金馬獎也不能給任何獎，連女主角都不例外，給了楊惠姍主演的另外一部電影——楊惠姍那一年，是在最佳女主角三個提名當中，一個人占了兩個提名。

從電影的角度，我對於整個電影環境厭惡到極點。

因爲，誇張一點說，對「玉卿嫂」，我的努力和投入簡直是到了瘋狂的程度，工作了一年半左右，我幾乎把每一分錢的片酬全投入在道具上。舉個例子，在製片預算內，我完全不可能有一張玉卿嫂用的有質感的化妝臺；但是，我想像在一個半身中景裡，我如何能夠讓它不至於太難堪？我自己出錢買。

那麼，容哥家裡的桌子呢？睡的床呢？全買。

我現在回想，這些有些狂暴的動作，甚至到了有點孤注一擲的行徑，到底有幾分的客觀性和必要性？我不知道。然而，那種「電影比性命重要」的感覺，根本是命定了的。

我從來不認識李行導演，他卻在最後的時刻，決定了由我執導「玉卿嫂」。

我不認識楊惠姍，她卻連自己都不知道爲什麼她成了「玉卿嫂」的女主角。

而我在拍「玉卿嫂」前，自己是最低落的情況，我竟然一反過去對電影的價值觀念，歇斯底里面對這個工作。

我從開拍就反覆地思考玉卿嫂的幽會情欲戲，而新聞局竟然就剪掉了我認爲整部片子的靈魂部分的場景。

太多太多的命定，決定了「玉卿嫂」這部電影的路，決定我的電影生涯。

「玉卿嫂」在上片之後，當然讓我和惠姍，甚至整個工作組合，大受矚目，我幾乎可以隨心所欲地決定拍攝題材，「我這樣過了一生」、「我的愛」，幾乎就一部接一部地往前走。

我其實在一種馬不停蹄的情況朝前行。

「我這樣過了一生」在整個反應上，比「玉卿嫂」更順手，光是一個增胖二十二公斤的話題，幾乎覆蓋了當年臺灣全面的新聞焦點。在金馬獎頒獎典禮上，「我這樣過了一生」拿下了所有大獎，最佳影片、最佳女主角、最佳編劇、最佳導演。

在韓國漢城的亞太影展，通知我和惠姍去參加頒獎典禮——我幾乎確定是去領獎的，我竟然不去，理由是我正在拍「我的愛」。

我已經在一種不知天高地厚的狀態，把電影當作興奮劑一樣的催媒，拚命地拍電影，我甚至懷疑我寧可活在電影裡，而不要活在眞實的生活裡。

對於一般人看到的，當然是蕭颯——我當時的妻子的反應，她的決裂，表面上成了臺灣當時的茶餘飯後；但是，更重要的是，我竟然發現每一個人對於電影工作，或者電影工作人員是如此的充滿了好奇。臺灣幾個主要的電影公司，對於我早已提出的故事，全採取一種很有意思的建議，他們希望我自己導演，但演員不要是楊惠姍；或者演員是楊惠姍，導演另外換一個人。

我突然清醒，我不斷地問我自己，我確定知道我的電影世界是怎麼一回事嗎？

這個虛幻如夢的世界，我是不是一直都清醒著？

我回想自己沉浸其中的每一個片場，「玉卿嫂」的景裡，我希望在窗外的竹子全是活的；但是，實際上，我們每天從外頭運進來幾千公斤的竹子，只希望它們翠綠如眞，有時候燈光溫度高，每天換兩次。竹子青綠的進來，兩小時就全葉捲起來。這到底是眞的世界，還是假的世界？我是不是全知道？

我想起有一場玉卿嫂在外頭放風箏的戲，我確定場景是七星山的硫磺谷，我第一個通告，一上山，大雨；第二個通告，上山，又是大雨。製片發給我一個通告，如果再不拍，就沒有預算了。我發第三個通告，上山，又是大雨，我不准收工，大家在大巴上等。

突然，雨愈下愈小，但仍有霧。

我要攝影機下車，站在霧裡等。

一個小時，我就一直站在機器旁。突然，霧散開，演員衝下車，幾乎是連試都不試，就開機正式拍。拍完，霧又攏上來，完全不見人。

事後，我自己看那場戲，比我預期的好太多了，完全不是「人」拍得出來的。

霧，像是個最好的演員，該退就退，該來就來了。

沒有人知道我站在霧裡，心裡一陣陣寒。

我和惠姗離開電影二十多年，琉璃工房一路走來，我們絲毫沒有想過電影的事；因爲 A-hha[8]，我們又談起電影。

很多小朋友興致勃勃地問：聽說您以前是個導演？您還會拍電影嗎？

我完全沒法回答，心裡想：並沒有人眞正關心這個問題的答案的，你省省吧。

我突然想起，最近，醫生告訴我，我因爲有心肌梗塞的問題，又有腎動脈的問題，我的腎臟有一邊的輸血量已經愈來愈萎縮了。這又是什麼意思呢？

我只能說：曾經滄海難爲水。

8　A-hha Studio，張毅於二〇〇六年成立的動畫工作室。

尾聲——
有一天，我將永遠離開臺北

二十七年前，我曾經想過永遠離開臺北。

在美國康乃狄克州，一個小石頭屋裡，房地仲介指著屋子坡下的小溪說：你如果起得早，你會看見小鹿來喝水。他不會忘了告訴你，所謂stone house，石頭屋，尤其是個有九十年歷史的屋子，在這個州裡，多麼珍貴。何況，房子雖然小，但是連院子五畝。更要緊的是，一千萬臺幣，在臺北，只能在郊區買個一百五十平方米的小公寓。

那一陣子，臺灣很多人都走了。臺灣股市指數第一次攻占上五千點，魚翅餐廳一家一家地開。但是，私人牙科診所一家一家地關門。牙醫收入高，又是開門生意，最難避免勒索這樣的事，牙科醫生全去了加拿大、澳洲……。而在臺北，你走到任何地方，到處都聽說一些黑道勒索的事，你就更沒有興趣聽我們的事。所有的人都告訴你：離開臺北，在美國，一千萬臺幣買個房子，五千萬買個超市過日子。

我的腦子卻老有一首歌，嚴格說，小時候，只記得有「朗裡格朗朗裡格朗」……

多年之後，我才知道那是趙丹在電影「十字街頭」裡唱的〈春天裡〉：

春天裡來百花香
朗裡格朗裡格朗裡格朗
和暖的太陽在天空照
照到了我的破衣裳
朗裡格朗朗裡格朗
穿過了大街走小巷
為了吃來為了穿　晝夜都要忙

朗裡格朗朗裡格朗
沒有錢也得吃碗飯　也得住間房
哪怕老闆娘作那怪模樣
朗裡格朗裡格朗裡格朗裡格朗
朗裡格朗裡格朗裡格朗裡格朗
貧窮不是從天降
生鐵久煉也成鋼　也成鋼
只要努力向前進　哪怕高山把路擋

那時候，我兩歲，什麼都不記得，只記得在我父親高舉的手裡，朗裡格朗……朗裡格朗地像波浪鼓似的晃動，咯咯地笑個不停。我三十四歲祖籍北平的父親，認爲自己老年得子，每天欣喜若狂，捧著兒子夏夜在淡水河邊唱著走著。

臺北，當然不是我父親的家，但是，他在十五年前，永遠落戶在臺灣淡水金寶山（陵園）。

而我五歲的時候，最常聽到不是歌，是用臺語唱的：

阿山，阿山，賣豆干，
豆干沒有人買，
阿山跌倒糞坑裡……

據說我父親因爲讓人倒了不得了的帳，只好賣了房子，住到三張犁去，也就是今天的信義計畫區。那個年頭，今天的一〇一，是一片稻田，附近是四十四兵工廠，左鄰右舍沒有臺語。

五歲，我父親又得爲了養活一家，重新做些豬鬃、香蕉的生意，只好又搬回延平北路，迪化街一帶。

第一天，歡迎我的就是：阿山阿山賣豆干……

不用多久，我就一口流利的豬屠口（今天的昌吉街，當年的屠宰場）臺語，全是髒話。五歲的阿山小孩，就每日對抗七、八個隔壁小孩對罵，不堪入耳之最，讓一群左鄰右舍媽媽，把我母親找來，當場一頓打。

如魚得水的生命記憶，八歲左右，我的巡弋範圍已經覆蓋臺北橋、圓環。而臺北橋，是座鐵橋，所謂橋頭，是不得了的地方，因爲，大橋戲院在演「蔡襄造洛陽橋」，看完了你才知道上帝公腳踩的一隻烏龜和蛇，原來是他的腸子和肝。但是，你已經預備什麼時候來看「移山倒海樊梨花」了。

過了橋頭，是保安街，到今天我仍然相信福圓粥上灑些花生粉之後，再倒上米酒，是世界甜點偉大的搭配。而如果你正好遇上保安宮宮前酬神演戲，那麼你差不多已經聞到鮮紅色熱騰騰的梅仔茶，灑上五香粉的香味，是最讓人忍不住口水的氣味。

我今年六十二歲，當然很識相地在一家紐約優雅的餐廳裡，把一盤野豬肉吃完。我的腦子裡，圓山動物園的野豬氣味，兜頭湧上。

看著朋友的下一代，已經一句中文都不懂，遑論用臺語髒話罵人？十六、七歲一齊長大的朋友，突然成了這個美國新英格蘭社區裡的教會活躍分子，當他說下一代不太想學普通話的時候，我突然注意到：普通話？我們的年頭叫「國語」的。

我開始擔心我能不能再在歌仔戲鑼鼓喧天的聲音裡，嘗嘗灑上五香粉的梅仔茶？

差不多同時，我已經明白，有一天，如果我要永遠離開臺北，差不多也是我離開這個世界的時候。

雖然，我更清楚，梅仔茶，早就沒有了，那是色素。今天誰要喝那玩意兒？而我十歲的人間天堂——圓環，早就成了廢鐵皮屋了。

網路上，趙丹繼續唱著：

朗裡格朗裡格朗裡格朗
遇見了一位好姑娘
親愛的好姑娘　天真的好姑娘

不用悲不用傷　前途自有風和浪
穩把舵齊鼓槳　哪怕是大海洋
向前進莫彷徨　黑暗盡處有曙光

我已經明白，有一天，如果我要永遠離開臺北，差不多也是我離開這個世界的時候。

我而言，讀我
力。它不僅僅
奇特的熱情
，多了一種價值
自己想像，
我的生活，我的
在那樣想

・附錄

我竭盡所能燒柴，
即使柴是濕的，仍盡力燃起星火

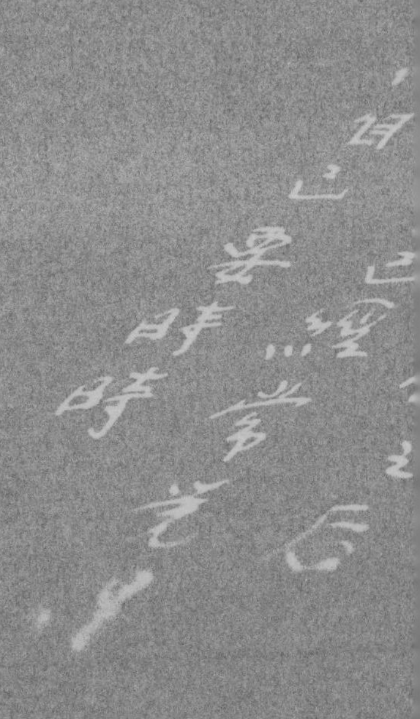

附錄一——

文學是我唯一相信的價值

談一個價值的觀念：琉璃工房是什麼？

十六年來，沒有一天停止思考自己要什麼？面對每一天的細節，問自己，琉璃工房的本質是什麼？是一種價值。如果不是堅定一種價值，日子會過得很辛苦。問自己所爲何來？是沒有地方去？還是喜歡這裡？每天應該問問自己，告訴自己爲琉璃工房的貢獻是值得的。

從琉璃工房創立開始，企業的經營管理過程中的必要思考，把「誠意」放在第一位。各位伙伴的身體內有這個部分嗎？做得到嗎？在企業內部管理上，逐漸發展晨會報告、讀書心得報告等等，可以藉此不斷地督促、提醒自己，自己的想法是什麼？標準是什麼？自己到底說的對不對？我期待眞正的理想，是希望透過晨會、讀書心得報告等等形式，讓每位伙伴不停地思考，包括和別人溝通自己的想法與學習。

《QBQ！問題背後的問題》這本書很容易讀，提醒我們把團體的事當作自己的事。每個人讀了以後，都可以說得很冠冕堂皇，當轉過頭去，便忘了自己曾經說的話，做事還是用自己的方法，並沒有誠意對別人，出現了雙重標準。被檢討、評估的人是否知道自己的問題？我不知道。如果人人都有自知之明，看得清楚標準在哪裡，那麼每當我們一談起企業團體，爲什麼仍然感到內部失序的嚴重？

我們談談文學。問我這一生的成長，是學校教育讓我變成現在嗎？極少極少。因爲長期的閱讀而形成自己的價值與信念。我不是耶穌基督，人性裡不是沒有自私，沒有陰暗面，但當工房要走下去，先要明確自己是有存在的意義，告訴自己覺得在這裡的自我學習是滿意的。所有文學的討論過程中，一直談人性的問題，但是很多人自離開學校後，已經不讀文學了，不再接觸了；回頭想想，那些曾經接觸的文學是什麼？記得朱自清的〈背影〉嗎？內容中最動人的部分，是朱自清的父親爲兒子買橘子，微胖的身軀，蹣跚地爬上爬下月臺，作者突然覺得，這就是我的父親。我們對周遭的人，有那麼強烈的關懷嗎？可以從自己的家人延伸到周邊的人嗎？我們對其他人不會付出同等的關愛，這是自私的本性。所有的文學，不是都希望對他人和對自己家人是一樣的對待，一種無私的付出？當心中存有溫暖，並且同意如果可以把對家人的情感，放在對其他人的付出，這不就是一種誠意嗎？

琉璃工房強調文化，而不是產品；是一種精神狀態。如果不知歷史，不會知道現在的位置，不會知道我是誰，琉璃工房也不會在這裡。否則看再多《QBQ！問題背後的問題》之類的書籍都沒有用。

誠意，應該是對所有人的誠意。

我們到底想做些什麼？十八年來琉璃工房不停往前走，有人說，董事長楊惠姍和我好辛苦，因爲待在一個地方沒幾天，又大包小包坐飛機到另一個地方。對我來說最大的收穫是什麼？身處在這個產業，特殊的文化事業，目前我所經營的知識累積可能是三十五億人口中最強的，資源最豐富的。因爲我了解並認識瓷器產業的發展與源起。當有機會到歐洲時，我到了當地才深切地了解到，頂著歐洲傳統文化遺族的心態及高姿態，並已經有一百二十五年歷史的品牌，對應我們僅僅十八年的歷史，我卻已經看見並可以預言他們十八年後的危機，同時已經沒有改革的可能。我只能回頭告訴各位：這個品牌的衰敗指日可待，看見一步步走向絕路的命運。如果把剛剛的問題寫下來，大抵只有我能完成一篇論文報告。最值得安慰的是，能夠讓我不斷地觀察與學習，是因爲琉璃工房這個團體，支持我走下去。

在這團體中，若你不了解琉璃工房是什麼，不認爲有好多事需要了解，那你爲什麼要繼續留在這裡？存在每個人心裡的黑暗與不安一直都在，若各位不同意改變自己，了解誠意是人性，若心中沒有關懷的力量，文學跟自己有什麼關係？所有的文學談人性，而文學並不是要你照著書中內容去實踐。大部分的伙伴對文學陌生，作家陳映眞、白先勇、王禎和、余光中……等，他們作品裡要喚醒的人性是什麼？

《QBQ！問題背後的問題》裡有的是處理事情的方法，而不是本質；而我們的工作學習中，若是企業的價值不是我喜歡的，何必鞠躬盡瘁？琉璃工房是不是非我不行？

回頭看第二代、第三代的琉璃工房，在他們身上的好的特質，好的品性，就是很好的人性：

1. 不停的學習，有強烈的欲望。
2. 強烈的誠意，永遠關心的是，可以再學到什麼？

我曾過很慘的日子，問題反覆出現不能解決，不知道明天在哪裡，就這樣過了四、五年，現在回想起來，只是自己沒有放棄，並沒有做什麼。只要相信，就能看見，不停地讓自己往前走，沒有方法告訴你這個價值是什麼？請試著讓文學成爲心裡面最大的人性的學習。

最近指定書目閱讀中，陳映眞先生是其中一位作家。陳映眞說了什麼？在〈我的弟弟康雄〉這篇小說裡，姊姊和弟弟說，我販賣了自己的靈魂。看弟弟不停掙扎，面對龐大的眞理，對抗中的掙扎，讓弟弟愈走愈糟糕，最後病死在床上。姊姊成爲很有錢的人，感覺到自己的內疚。現在的社會，大部分的人都是「康雄的姊姊」，都不一定誠實地面對自己，我們承受過了嗎？如果我們感覺到了，我們會內疚嗎？提醒自己的良心，對人家好，對人性必須是有光芒的，人活著不一定知道爲什麼？大部分的人都搞不清楚。

海明威《老人與海》一書中，說有一個老人釣不到魚，有一天釣到大魚，奮力並堅持釣起，拉了三天三夜，手流血，仍然堅持不放棄，後來終於把魚拉回來，結果只拉回魚骨到港。其中的人性光芒是什麼？是意志，他覺得不要輸，文學中的「命運的堅持」，產生的人和命運的對抗力量，變成更大的價值。

我們知道，海明威在故事中不是在說老人，不是魚，是談人不可能抗拒的東西，是靈魂最高貴的部分。抓住自己要的，就不放棄，堅持和命運對抗。

有一個英國小廚師傑米・奧利佛（Jamie Oliver），總是一邊聽搖滾樂，一邊騎單車，有一個烹飪節目。他做菜不精緻，常常做一大盤。節目中的他十分享受做菜過程，結束時一群人一起跳舞，齊聲說：「又是一天。」總是穿著牛仔褲，率眞、自然、天眞的形象，節目推出後，鮮明的風格在一夜之間變成全英國、全世界最有名的烹飪節目。他在倫敦開餐廳，告訴大家人生要奮鬥，要努力、堅持、負責，每個人都可以做廚師。

傑米上街找來一批無所事事的痞子，計劃教他們做菜，並且募集資金開一場派對，讓全英國人支持這個計畫走下去。但人來來去去，過程一直不順利，很多人做了幾天就離職了。後來在派對開始前四小時，每個人都好累，現場吵架聲不斷，但仍不放棄繼續準備。直到開場前五分鐘，客人都來了，但布置好的棚子倒塌，還下雨，現場一片混亂，後來雨停了，仍是滿屋子問題。所有畫面都被拍攝成影片，真實呈現現場紀錄。派對不是成功的，最後給了一個灰暗的結局，卻也更眞實看見影片中的人因爲堅持理想而流淚。

做一個琉璃工房的伙伴，請相信眞理不會變，努力讓自己發出最大的光，不斷地在文學中找光的影子，知道琉璃工房最大的價值是什麼。

陳映眞先生另一篇小說〈麵攤〉，擺麵攤的夫妻，一個有肺病的小孩，有天被警察抓到，卻放了他們。在小市民、低階層，我們看到疾病、貧窮，故事的價值是那個人的光。

誰是第二、三代？如果發現自己在工房的工作中的學習沒有變動，完全不懂琉璃工房，你會好累，然後你會抱怨。我們需要找的人，是同意這個價值，並一起繼續往前走。琉璃工房和賣麵的有什麼關係？我們要的是那警察的光，人永遠會有難過的時候，把感受放在心裡，不論生活在哪一個角落。一點一點閱讀，同意那個價值觀念，是我們共同的目標。

上海工房的警衛，不斷閱讀文學作品，連開公務車的師傅（上海說法，意思是司機）都在看傑克．倫敦的書。如果一隻狗的信念有那麼強時，理論上，動物的互動和人都讓人難過；請保持用那個難過，這世界上有很多你照料不到的地方。最後你告訴自己，你幫不上，就放在心裡，你將會有更大的勇氣及信心面對更大的事情。

曾和上海伙伴談「A-hha」小狗的影像製作，當連一格都還沒做完，他總不解問：「你們到底要什麼？」總讓我花很大的力氣去說明。如果相信文學作品的價值，你要看的是，讓一切努力做到核心，做到作品可以留下來的價值，我相信它，用熱情做到。若你沒有改變的動力，文學對你有何意義？

麵攤的老闆娘也許不認識字，每天在水源廠（琉璃工房淡水工作室）爲我們準備午餐的劉媽媽也不識字，但她本身就是人性中有光的人。劉媽媽對工作的責任與準確度，她有抱怨嗎？憑她的資產，根本不需要做這份工作，那她爲什麼繼續留下來？我無法說明這樣的價值，我們只能把生命中的文學經典當作必讀，把《QBQ！問題背後的問題》之類的書籍當作選讀。

建議各位可以選擇電影「老人與海」，小說中的魚骨，是整個文學靈魂最重要的呈現。每個人都感動嗎？古希臘的悲劇中，戲劇是演給神看的，後才演給人看。古希臘的喜劇中的價值不足演給神看。只有悲劇的形式，涉及人的靈魂。

當思考你在琉璃工房，我的意義是什麼？在臺灣談工藝，從事三十年以上的工藝師有多少？即使把十年以上的工藝師集合，其中又有多少創作的風格？這裡面有靈魂嗎？有心理的光，有堅持嗎？在第三代的工房人身上，一定要有這樣的特質。如果從我的立場，我突然覺悟，琉璃工房是人活著最好的特質呈現：勇敢、誠意、公正、有能力愛別人，種種集合起來就是誠意。

從無數的文學作品中理解，只有閱讀，才知道什麼叫不寂寞。

不能夠獨處，是困難的事。每天回家坐在電視機前看電視、看連續劇，所有的人都在這樣過日子，把生命換成連續劇，它是一個價值的問題。如果你覺得這樣沒什麼不好，琉璃工房不是你應該待的地方。從上海TMSK餐廳的成立，籌備過程中反覆、挫折及其中的烏煙瘴氣，相信把整個過程拍下來，會是一部好看的紀錄片。

努力讓自己燃燒起來，若沒有很好的天賦本質，讀書是很好的辦法；若你有，最好的學習也是讀書。我現在回頭看當時年輕的自己，早知道會面對現在的問題，在學校就不會蹺課釣魚，會好好讀英文，不至於現在焦頭爛額。

昨天寫媽祖創作的感言（見二一八頁附錄二〈慈光安瀾〉），我不停地想這個問題，要怎麼去談楊惠姍創作媽祖的辛苦，是說做了幾天幾夜？還是其他？想像一個很有意思的畫面：一個人帶著手提電腦，當開機時螢幕上不停地出現媽祖的影像，從香港一路穿越巴伐利亞平原到法國巴黎，飛機越過整個西安，越過戈壁穿越俄國，媽祖像的呈現，竟出現在俄國國境，三萬英尺的高空上。我想的是，媽祖去過俄國嗎？到過維也納嗎？這個概念已經離開原來宋代媽祖的概念，時間、空間都已經不一樣。媽祖站在馬祖海邊山頭上的碉堡，二十年前，兩岸緊張的情勢，出現的任何可疑的黑影都要開槍。若我是媽祖，看著人們彼此仇視殘殺的畫面，對應現在馬祖到處販賣中國福建地區走私來的豬腳、魚干等乾貨。想像自宋代媽祖就已經存在，一直到現在的變化，相信媽祖都會對現有的景象搖頭。

請記著，面對我們現有的知識學習，文學是訓練自己更大的新的可能。

提醒行銷部藝廊伙伴，讓自己不斷地和客人講，透過閱讀的學習，把知道的知識與學習心得分享並傳達給客人，提醒琉璃工房最後的價值。創作是爲了有益人心，而跟自己有關係。

我從很年輕時，總天天不上課，因爲看不起一群目光像死魚，沒有思想、幼稚的人。當時覺得爲什麼要上學？卽使在世新大學念書時也是一樣，總上課時數不到十五小時，後來不得不去，因爲怕被學校開除。一群學生上課時，我永遠坐在最後，把對現狀的不滿罵完，就掉頭離開教室。盡可以告訴各位，只要我在這裡，就會不停地提醒各位不停地閱讀，不停學習知識，學習承擔，這是唯一自己可以做的。對各位，我竭盡所能燒柴，卽使柴是濕的，仍盡力燃起星火。

閱讀不會得憂鬱症。生命中曾閱讀的文學，只有書上一個個鮮明的人物，讓我面對所有無知、黑暗，不停學習、培養勇氣、懂得人性。各位請記得，知識可以帶來的優越感。

每一天，劉媽媽要省買菜錢，這是一個很好的美德，而那份堅定，在我們身上難得看到，是這個團體的特質之一。而你有嗎？你是琉璃工房的人，請希望同意人性應該有光亮的部分。

我被交付任務，講得口乾舌燥，而你們的眼神茫然，似乎不知該如何繼續往前走。在成長路上，曾因自己的傲慢而受到教訓，學習如何謙虛。在世新的張毅鄙視人們，電影圈的人也是一樣，當電影導演提示大家走位，一群人還繼續在打麻將，他們的腦裡都是豆腐渣。記得拍完一部電影，早上一打開報紙，全部的人都在罵我，但我對他們完全沒有敵意啊！我當時沒有這樣死掉，這是我第一次知道，我的謙虛在哪裡。

當我們面臨不同局面，需要冷靜的力量，不要做到天怒人怨，沒有核心價值，任何你說的話都是無趣的。你的未來和任何人都會處不好，包括和自己相處，如此過完一生，在你的墓誌銘上將會被寫上：「這個人看過無數部連續劇。」

文學是我唯一相信的價值。

人類第一部文學概念是《聖經》，其中闡述「愛」的重要，整部《聖經》都只說這字，讓我們可以因此看見問題中的我們，在黑暗中擦亮火柴去尋找，照亮自己的臉龐，明白「愛」與「犧牲」。

我已竭盡所能，請大家閱讀文學，當人生幻滅，你如果往下走，需要堅持的勇氣。古希臘神話中，西西弗斯因為觸犯神規被眾神懲罰，永遠不斷地從山下推大石頭至山頂，然後石頭滾下，再繼續推石頭的故事；對我們來說，如果命定要變成那種人，永遠推著石頭上山，與其把命運交給上帝，那我寧願選擇用意志堅持走過我的人生，把命運交在自己手上。

希望下回討論，關於你們的讀書會的討論心得。請不斷地學習透過文學完成自我的價值。永遠關心別人，關心歷史。

謝謝大家。

二〇〇四年九月二十四日張毅於淡水工作室——琉璃工房全員大會談話

附錄二——

慈光安瀾——楊惠姍爲媽祖造像側記

楊惠姍第一次站在馬祖的海邊，她想的是：
這個小小的島，這片土地，這些人。
太多不安的過去，太多爭執和對立，這一片海，都曾親自經歷。
那麼，媽祖廟的媽祖，應該是曾經焦慮過吧？
預訂要在島的高處，豎立一座巨大的媽祖像，
當然是因爲時過境遷之後的安和樂利。

楊惠姍十八年來，幾乎無時無刻不在做佛像，
她不認爲佛像有些什麼高下的分別，而只有誠意不誠意的問題。

琉璃工房一尊一尊的佛像，其實是因爲喜歡，
而不是爲了別人的肯定。
楊惠姍堅決相信，在造像的過程，她自己充分地得到平靜。
這樣的平靜，既然是楊惠姍自己的慰藉，
顯然也是所有的人的追求吧？那麼，應該努力地讓所有的人分享。

驟然接到這樣的任務，楊惠姍心裡其實是有些忐忑的。
在往巴黎展覽的飛機上，三萬英尺的上空，
正下方是蒙古戈壁沙漠，穿越國界，就是俄國，
黑暗裡，楊惠姍打開電腦，媽祖像一張張地呈現，布滿屏幕。
在德國邊境，巴伐利亞的山谷裡，火車穿過如詩的草原，進入奧地利，
楊惠姍在車內低頭看著筆記電腦上的媽祖，
媽祖像一張張地在電腦屏幕上呈現。
幾百張媽祖，相貌不同，卻全是媽祖。
幾百張媽祖，服飾不一，卻全是媽祖。
因爲佛像造像，楊惠姍知道所謂「造像法式」，

然而看著滿山的阿爾卑斯山羊，
楊惠姍突然想起的是：媽祖可曾經來過地球的這一方嗎？

在討論會上的種種意見和細節，轉成文字檔，傳到楊惠姍的電腦，
當眾多的意見討論媽祖應該如何如何的時候；
楊惠姍帶著媽祖一張張的聖相，穿梭過法國海底隧道，進入倫敦，
她的工作使得她不停地在一個一個遙遠的空間裡移動。
語言不同，人的笑，卻永遠讓人安心。
楊惠姍在自己的心思裡，上天下地尋找媽祖。
老百姓心裡的祈求和膜拜，其實是老百姓自己心裡的，
基本上，不要求什麼深沉的意念的，
楊惠姍的佛像造像概念能夠如何和老百姓說話？

楊惠姍在半年內蒐集了所有的有關媽祖的圖文。
她將所有資料都存在她自己的筆記電腦裡反覆看著。
那一天，

楊惠姍又站在那個預訂未來要立起一座巨大媽祖巨神像的地點，
白天，海水迷迷茫茫，看不見遠處，
據說，天清氣朗時分，對岸歷歷可見。
這一片船隻來往的海域，曾經是入夜之後，風聲鶴唳的地方，如今一片祥和。
楊惠姍原來有些猶豫動機，突然明朗起來。
在暗夜裡，一座發著光的媽祖，其實是一個心裡的大慈悲港口。
是無論南北東西的中心，是所有來往的人的家。
只要誠意在，是媽祖，就是媽祖。
媽祖的心，不受任何人，不受任何地方，不受任何時間影響。

楊惠姍想像那暗夜裡，風高浪驚，
漁舟在不安裡，焦慮地往家的方向趕路，
黑暗中，一個迎風而立的光明巨像，衣裙應該飛揚，
然而面容卻安詳慈悲，一如衆人所熟習的。

媽祖，我們回來了。

張毅（一九五一－二〇二〇）

十九歲即成爲當代備受矚目的短篇小說家，其作品兩度評爲年度最佳著作。世界新聞學院畢業後，開始了他的導演生涯，其所執導的「我這樣過了一生」，爲他贏得金馬獎及亞太影展最佳導演，而他執導的最後一部電影「我的愛」，被《綜藝雜誌》年鑑選爲臺灣電影百年（一八九五－一九九五）十大傑出電影之一。

一九八七年，張毅決定放下如日中天的電影事業，與楊惠姍共同創立華人第一個琉璃藝術工作室「琉璃工房」，投入現代琉璃藝術創作。做爲品牌執行長，張毅帶領楊惠姍，以獨特的華人文化風格創作走向世界，取得國際玻璃藝術界極高的讚譽，並獲國際重要博物館永久典藏，達到華人琉璃藝術家從未有的高度。他爲琉璃工房品牌擘畫的發展藍圖，在創意與產業的成功，成爲臺灣文化創意產業的先鋒，並帶動兩岸三地華人的傳統玻璃工藝蓬勃發展，開啓新的方向與格局。《紐約時報》曾評論張毅在華人玻璃藝術界等同於美國玻璃藝術工作室之父哈維・利特頓（Harvey Littleton）的地位。

年輕時如影隨形的原發性血管病變，讓張毅對生命有獨特的領悟。一九九八年因心肌梗塞重臨死亡召喚而奇跡回轉，開始從事個人的琉璃創作。對他而言，琉璃材質，充滿「愛和死亡」的意象；他想用作品與自己對話，與生命對話。張毅的琉璃藝術，深見文學與電影的深遠影響，不僅具當代藝術創作思維，也富含強烈的傳統民族文化蘊藏的倫理、宇宙觀、佛教哲學概念，對人的關懷、對生命和文化，有細膩的觀察與主張。創作風格，隨心而爲，揮灑不拘；他讓琉璃在焰火的淬鍊中肆意流動，讓光與色彩發揮更大的自由度，賦予作品無限的延展與探索空間，引領觀眾內在深思與迴響。

華文創作 BLC111

壓抑不住地想飛起來

琉璃工房創辦人張毅的文化信仰

作者 — 張毅

總編輯 — 吳佩穎
主編暨責任編輯 — 陳怡琳
協力編輯 — 曾世磊
校對 — 魏秋綢
封面設計 — 劉伊凡
封面攝影 — 曹凱評
內頁排版 — 張靜怡、楊仕堯

國家圖書館出版品預行編目（CIP）資料

壓抑不住地想飛起來：琉璃工房創辦人張毅的文化信仰／張毅著. -- 第一版. -- 臺北市：遠見天下文化出版股份有限公司, 2022.12
面； 公分. --（華文創作；BLC111）
ISBN 978-626-355-019-3（精裝）

863.55 111020167

出版者 — 遠見天下文化出版股份有限公司
創辦人 — 高希均、王力行
遠見・天下文化・事業群 董事長 — 高希均
事業群發行人／CEO — 王力行
天下文化社長 — 林天來
天下文化總經理 — 林芳燕
國際事務開發部兼版權中心總監 — 潘欣
法律顧問 — 理律法律事務所陳長文律師
著作權顧問 — 魏啟翔律師
地址 — 台北市 104 松江路 93 巷 1 號 2 樓

讀者服務專線 — (02) 2662-0012 ｜傳真 — (02) 2662-0007；(02) 2662-0009
電子郵件信箱 — cwpc@cwgv.com.tw
直接郵撥帳號 — 1326703-6 號 遠見天下文化出版股份有限公司

製版廠 — 中原造像股份有限公司
印刷廠 — 中原造像股份有限公司
裝訂廠 — 精益裝訂股份有限公司
登記證 — 局版台業字第 2517 號
總經銷 — 大和書報圖書股份有限公司 電話／ (02) 8990-2588
出版日期 — 2022 年 12 月 30 日第一版第 1 次印行

定價 — NT 450 元
ISBN — 978-626-355-019-3
EISBN — 9786263550209（EPUB）；9786263550216（PDF）
書號 — BLC111
天下文化官網 — bookzone.cwgv.com.tw

琉璃作品

《太湖石》系列

一九九八年發表，文人的詩意，濃縮在一方奇絕的石頭裡。琉璃太湖石，對張毅而言，是對自然的歌頌，也是對自然的惆悵，矛盾的交織情感，讓這文人生活裡最具代表性的造型——太湖石，從色彩與光影掩映裡再生。

《自在》系列

二〇〇二年發表，對於「自在」的出現，張毅只肯說：「我的心裡不自在，所以，我做自在。」以無所不佛的創作語言，展現無入而不自得的作品，於二〇一二年在中國美術館中展出。「不可說自在」爲該館五十年第一次收藏的現代琉璃作品。

《焰火禪心》系列

二〇一三年發表，張毅的創作向來隨意，自在，卻充滿人的情感，他希望不要讓作品拘束，琉璃想發展成什麼，就讓它走到那裡。歐洲資深藝評家阿蘭．阿維拉（Alin Avila），評論此系列：「把我們帶到一個眞實的地表，強大的風暴裡感受著狂烈的火被塑形到了玻璃中，而在這一團煉獄的表面卻有一朵花正在綻放。是另一種對立的結合，更是另一種壯麗的形式。」

二〇一五年巴黎裝飾藝術博物館首席策展人尙．盧克．歐利維（Jean-Luc Olivie）首次見到張毅的作品，肯定他在創作概念以及技巧表現，爲玻璃藝術帶來前所未見的新境界。該年度巴黎裝飾藝術博物館收藏張毅的作品，是一九〇四年開館以來第一件華人作品。

《一抹紅》系列

「人生如夢幻泡影，心中仍有一抹紅」。二〇一四年《一抹紅》系列，不僅是張毅對生命的反思，更是多年來思考哲學與琉璃藝術的答案。他從民族情感、從東方詩意裡，發展出水墨筆韻與琉璃氣泡的協奏曲，是琉璃藝術裡未曾有過的創新表現。

張毅說：「一抹紅」是無限的歲月的累積，是仍然存在的希望、嚮往，是最後的堅持。